青藏

聖境啟示路

相遇，在虔誠的路上

文 傅士玲

這是一部關於信仰的日誌，記錄著一個虔誠的人十多年來審慎觀察西藏的故事。

作者劉沙與我是多年好友，可是我們至今素未謀面。這段友誼來得很有緣份，卻也有許多的不巧。七八年前上海熱正值火紅，那時還有點純樸色彩的上海很吸引人，在兩岸知名建築師登琨艷的引薦下，劉沙將他多年觀察的上海酒吧影像圖文交付予我。原本以為，已經在上海出書的內容只需將字體從簡轉繁即可，未料，這位事事求真求好的資深媒體人堅持要為台灣讀者「更新」資料，更不厭其煩在百忙中為最新登場的酒吧攝影；偏偏，上海的更新一日千里。就這樣，那本《上海串吧》來不及在我手上完工，轉交給我幫他另外慎重物色的委託人，卻又慢工細活花了兩年才正式在台出版。

其間，劉沙竟然還忙於大江南北的攝影與採訪報導。有一回，我居然從來自北京的訪問媒體手上，接獲他攝自羅布泊的作品。還有一回，造訪上海的台灣友人意外幫我帶回他的自拍照片，讓

我終於認識他的形象,在許許多多次電傳與電話熱切討論與交談之後。分居兩岸的兩個人像漂鳥一樣忙碌飛翔,我們的著陸定點座標很大,就是這顆地球,沒辦法相約在哪個城市更別說哪家咖啡館。有緣相識卻無機會面對面,幸而對友誼的增進毫無妨礙。他的自拍照片,也讓我擺脫是不是必須向人介紹他為筆友的心理障礙,我自認為這樣的「見面」份量已足。

這位有趣的朋友很會攝影。他的圖像有股要溢出來的情意,不論是當年他眼中與鏡頭下的上海酒吧,或者每年因應塔里木河變換河道而神出鬼沒的羅布泊,或者不同季節的樓蘭,或者他花費四年光陰拍攝的法國鄉村,當然也包括十多年來細心記錄的西藏。尤其西藏,最初,我們在只是看到圖片時就決定要這本書:當時,其實只看到書中四五張照片而已,你可想見這些照片真正感動了我們。那份感動相信你現在已能夠體會。從他的圖像作品,你甚至可以呼吸到西藏冷冽純粹的空氣,可以觸摸得到好像能夠擰出水來的藍天,嗅聞到五體投地的虔誠信徒烈日中長途跋涉淋漓的汗水。

讀完劉沙這本書的初稿時,我不禁想起《華嚴經》的一個概念「先發菩提心,才求菩薩道」,意思是說,要先啟動慈悲心,這樣所領略的神通力才有意義;若沒有救拔世間苦的慈悲宏願,即使擁有神通力也無法成佛。青藏鐵路的開通猶如一蹴可及的通天階梯,用速成的方式到達以往艱辛刻苦才能登臨的天堂國度。然而倘若不是懷著虔誠朝拜的誠惶誠恐,一步登天對於堅定信仰是沒有助益的。熟習氣功的人都知道,只要得到上師加持,要打通任督二脈是輕而易舉的事,問題是,開啟了象徵特異功能的任督二脈,你究竟期望自己做什麼呢?

希望這個訴說著面對信仰始終虔誠的故事,能夠敲開你我的心扉,願意開始思索自己生命旅程中關於信仰的問題,或者不是信仰不信仰的問題,是生命朽與不朽的問題,而這個問題卻只有靠著自己一步一腳印才有機會得到解答。

叩拜陽光一樣
純淨的日子

文　劉沙

2006年7月1日，火車終於開進了拉薩⋯⋯

眼看著錚亮的鋼軌穿越茫茫的雪線，呼嘯就如地震般無情的捲走了唐古喇山口瑪尼堆上飄逸了五十年的經幡和哈達⋯⋯

震耳欲聾的轟鳴，終於打破了世界上這片最後的寂靜和空靈。

這一刻，藏羚羊孤獨的身影和那雙驚恐的眼神會如史前遺跡般讓我們銘記⋯⋯

天路的貫通對於藏人來說，意味著富足和進步已不再遙遠、意味著一頁苦難而厚重的歷史就將被翻過。但是行將逝去的歲月裡，卻孕藏著太多的信仰和虔誠值得我們去緬懷，而這些隨著現代化的臨近而漸行漸遠的信念和精神，卻終究不是物質能替代的。

很多年前作為一個數次赴西藏拍攝和遊歷的攝影師，我曾經結交了許多虔誠的信徒。有一次我曾試著問一位從我身旁磕頭路過的藏人，來自哪裡又去向何方？藏人口念六字真言先向我叩拜，我趕忙雙手合十回拜，藏人說他們是從藏北的當雄出來的，在路上已有三年半了。他們全家五口人一起出來的，父母親用

了兩年一路磕頭到大昭寺，而他們三個孩子則要繼續跋涉，當我拍攝他們訪問他們最終得以走進他們的內心時，我懂得了他們一生的願望，那便是有朝一日能在拉薩大昭寺前叩拜磕頭來尋求生命的福祉。

面向大昭寺的漫漫朝聖路，便是無數藏民的生命之旅，再多的艱辛曲折甚至災難他們都會在所不惜。他們跋山涉水千里迢迢或許一年、或許五年、甚至更長的時間，他們來自不同的藏區，但因為一樣的信念最終卻讓他們聚在了一條朝聖路上，他們中有許多人還來不及在大昭寺前燃一柱香、點一盞燈便永遠的長眠在了朝聖路上，但那些活著的人會前仆後繼的將亡靈們的祈福和虔誠傳承下來直到叩拜在大昭寺的神明前。

十多年前的西藏之旅讓我留下了許多這片聖潔之地上關於信仰、關於理想、關於激情、關於靈魂的記憶，這麼多年來我就如同拉薩藥王山頂那些銘刻瑪尼石的喇嘛，在我的文字和圖片中不斷的體味著西藏人守望信仰的愉悅和忠誠。

2006年8月的一個下午，當一列火車再次從倒淌河上呼嘯而過……河灘上一頭藏羚羊孤寂的眼神深深的刺痛了我，被迫的遷徙終將成為這些人類寶貝的無奈選擇，而隨之而來的或許就將是苦難和死亡……

這一刻，我便萌生了寫本書的念頭。

雖然這是記錄我自己西藏行蹤的一本書，書中14篇文章和幾百幅照片都是緣自我十多年前的體驗和感受……但我希望這本書能夠替我將那段或許已經不復的歲月能夠永遠留下來，也算是對一頁已經翻過去的歷史的緬懷。因為書中表現和記錄下來的西藏人對信仰追求的念想，和他們陽光般純淨的日子值得我們去深深叩拜。

真心希望當天路終於將溝壑變成通途時，西藏人那種曾經感動著我們的為生命為信仰的跋涉依舊會再繼續……

目　錄/Contents

編 輯 室

002 相遇，在虔誠的路上 傅士玲

作 者 自 序

004 叩拜陽光一樣純淨的日子 劉沙

青 藏 之 路

012 靈魂都能被點亮的地方
020 康巴人對陽光的真心守望
028 真正的信仰依舊在跋涉
036 屬於青藏純粹的藍
060 面對江孜的一段生命懺悔
068 美麗卻殘酷的帕拉莊園
076 多情雍錯的多情傳說
084 帕里的夜晚響起「瓦格納」
092 東嘎寺裡的歲月悲情
100 去扎什倫布寺心靈避難
108 定日人堅毅的精神
116 喜馬拉雅山 永遠的永恆
124 面對拉薩河水長跪不起
132 藥王山上的貧民圖騰

青 藏 後 記

140 坐著火車抵達心靈之地 劉沙

青藏之路

靈魂都能被點亮
的地方

每次去拉薩，再忙我也會抽出些時間去帕廓街大昭寺前的那堵已經有點殘損的老牆下坐上個半天。無論是天濛濛亮的清晨、還是陽光普照的大白天、甚至是寂靜的夜晚，這堵多數人不曾留意或者根本就視而不見的老牆，竟讓我牽腸掛肚起來。

每天為大昭寺上第一柱香的德欽喇嘛，和大昭寺廣場上賣藏刀的康巴女人尼婭，就因為我對老牆的留連忘返而跟我成了好朋友。

十年前的一個偶然機會讓我跟老牆結下了緣份。

第一次進藏，夫大昭寺朝拜磕頭是少不了的。這座建於西元7世紀，西藏最早的木結構寺院，無論建築意義還是宗教意義在西藏歷史上都有著不同凡響的聲名。尤其是它的宗教地位更為顯赫，大昭寺因供奉著當年由文成公主敬獻的釋迦牟尼佛而被十三世達賴喇嘛認為是「神聖中的神聖……」

藏密大活佛波米・強巴羅珠曾經說：「來大昭寺，身上東西越少越好，這樣就單純了沒雜念了……」記得那天下午我是將身上帶的所有東西包括我從不離身的照相機全都留在了酒店裡。雖然10月的拉薩天氣已經很寒冷了，但我依舊只穿一件單衣十分「單純」的前去朝聖。

等我走進拉薩著名的帕廓街時，黃昏熾熱的太陽如同油畫的顏料把大昭寺染得絢麗斑斕，尤其是大昭寺門頂上的幾片遮陽蓬竟被夕陽燒的如火一般熱烈通紅起來。真是果不其然啊，相傳當年第一世達賴喇嘛根敦珠為供奉於大昭寺的釋迦牟尼佛身鍍金時，忽然豔陽高照霞光萬道，根敦珠說：「此乃佛祖之光！」

我跟所有在此朝拜的信徒們一樣，微閉兩眼雙手合十，口念「噢、瑪、呢、叭、咪、哞」六字真言，虔誠叩拜，雖然閉著眼睛，卻依舊能感受到眼前紅色的「佛祖之光」在瀰漫。

我記得那天下午我在大昭寺前磕了多少回頭，當我累的直不起腰時，

在西藏隨處可見磕長頭的藏民。

我感覺我膝蓋有點疼，低頭一看血已把皮肉與褲子黏在一起。這時天色已暗、殘陽已逝而我腿上卻是一片鮮紅。

於是我便來到大昭寺前的這堵老牆邊，簡單處理了一下傷口便席地而座想靠在牆上休息片刻。漸漸寂靜下來的大昭寺，縈繞在一陣陣因晚霞消失而落下的沉沉暮靄中，彌漫著薰香的嫋嫋煙塵裡，閃爍著寺院裡通明著的酥油燈的光茫……就在這時我看到了我一輩子也忘不了的情景：在我剛才磕頭的大昭寺門庭前，竟一下子聚集起了至少幾十個人，他們在整齊劃一的磕著長頭，在他們身邊擺放著他們長途跋涉的行囊……

早在我還沒來西藏之前，我便聽說有許多虔誠的信徒，他們一生的願望便是有朝一日能在大昭寺前叩拜磕頭來尋求生命的福祉。於是，面向西藏大昭寺的漫漫朝聖路便是他們的生命之旅，再多的艱辛曲折甚至災難都在所不惜。他們跋山涉水千里迢迢或許一年或許五年甚至更長的時間，他們來自不同的地方但因為一樣的信念最終卻讓他們聚在了一條朝聖路上。

他們中有許多人還來不及在大昭寺前燃一柱香點一盞燈便永遠的長眠在了朝聖路上，但那些活著的人會前仆後繼的將亡靈們的祈福和虔誠傳承下來，直到

叩拜在大昭寺的神明前。

他們的身軀隨著叩拜而起伏如美麗的舞姿、他們的雙手在冰冷的地板上滑出如音樂般美妙的聲音，我情不自禁的忍著疼痛站立起來想投身到他們中間去。我覺得在這一瞬間有一股力量如急風暴雨般在緊扣我心靈之門，是痛苦還是愉悅？是信念還是絕望？雖然我不得而知但眼前的景象卻讓我第一次真正的觸摸到了生命中最堅忍不拔的精神和意志。

夜幕漸漸的降臨了，雖然沒有月光如洗般的清麗、甚至還有一片烏雲時不時的遮住了星星。但眼前這片被靈魂叩問了千年的青磚白瓦卻依舊泛著鮮活的光茫。忽然想起距今差不多七十五年前的一個沒有月光的寒夜，義大利著名的藏學家圖齊第一次來到大昭寺前，助手要為他點燃一支蠟燭，他擺擺手說：「這可是一個連靈魂都能被點亮的地方啊。」

似乎就是從那時開始，我喜歡上了大昭寺前的這堵老牆。喜歡靠在牆根上，閱盡大昭寺前的人間滄桑……

後來，大昭寺的德欽喇嘛告訴了我關於這堵老牆的故事。

當年文成公主出使西域時，帕廓街並沒有如今這麼大的面積，當時緊緊挨著大昭寺圍著圍牆，這圍牆裡的地便是

如今被稱為大昭寺老街的原始遺址。在今天的帕廓街上，我們能看到一株千年老樹，這就是當年文成公主用長安帶去的樹種和松贊干布共同植下的著名的「唐柳」。如今這株「唐柳」成了拉薩甚至整個西藏能見到的為數不多的唐藩和親漢藏友好的真實見證。

那麼這株「唐柳」為什麼沒植於老牆之內呢？

當年文成公主和松贊干布將釋迦牟尼佛像迎請進大昭寺時，寺院門口眾多信徒將文成公主團團圍住。文成公主情不自禁的朝長安方向望了一眼，沒想到看見的卻是高牆！

表面上看老街太擁擠已容不下越來越旺的香火，所以文成公主和松贊干布先將「唐柳」種植於圍牆之外，再擴建老街使整個帕廓街更加寬暢。而文成公主內心卻是另有所思，她一定是想起了迎請佛祖時走在大昭寺老街上，連回望長安其目光都會受阻於圍牆。她覺得圍牆裡的老街太壓抑了，反正松贊干布要擴建帕廓街，於是倆人便將「唐柳」植在了牆外，而對文成公主而言，正好以柳抒懷暗寄思鄉之念。不過，當大昭寺老街的圍牆真的被推倒，卻已是很多年以後第一世達賴喇嘛根敦珠主政時期了。雖然老的圍牆被推倒了，老街也不復存在了，但正對

大昭前綿延不絕的朝拜，古往今來有許多人為能到此一拜而付出了生命。

著大昭寺的那面牆卻被保留了下來。有傳說是因為根敦珠得知這牆上有許多當年文成公主刻的詩詞，後來人們發現上面刻的竟全都是思鄉之曲。

老牆的故事讓我對老牆更加的心馳神往起來。記得有一年我去亞東，拉薩只是過境。一個月後等我返回拉薩已是午夜時分了，而第二天中午便要飛回上海。於是我在第二天凌晨，天還沒亮時便趕到了帕廓街。

在這之前，我從沒在天不亮時去帕廓街，遠遠望去，即將醒來的大昭寺在高原清晨的霧氣中顯得是那樣的靜謐和安詳。寺院門

楣和廊柱雖然歷經過日曬雨淋而斑駁起來，但那紅色卻依舊被不滅的油燈襯映地熱烈和忠誠，而那駁落的痕跡上滴著露水在清晨時分也充滿著詭異的美麗。我忽然覺得只有在這個時刻，你才會靜下心來仔細端詳大昭寺這張聖潔的臉面，你才會感覺到原來這是釋迦牟尼的智慧心成就了眼前的這份恆古不變的崇拜和神聖，你才會領悟到跋山涉水叩拜於此的那些生命的力量是多麼的堅強和偉岸啊！

一陣木門的「吱呀」聲，叩響了寂靜的黎明。德欽喇嘛從大昭寺裡出來，一縷清香也隨之彌漫開來，我知道新的一天來臨了。

當德欽喇嘛點燃早晨的第一縷香火時，「佛祖之光」透過東邊藥王山上的桑樹林照射過來的絢麗彩霞正好落在德欽喇嘛的臉上，我看到在陽光下老人的臉跟他身穿的那件紅色袈裟一樣鮮活而又熾熱。《大藏經》裡說鮮活的是神靈、而熾熱的則是信仰，只有在微微霞光的晨曦裡，你才能感受到大昭寺以及它的僧人們生命的燃燒。

靜靜的坐在這牆腳下，或全神貫注抖擻著精神、或茫然若揭慵懶著身體，看著大昭寺門前虔誠的信徒們週而復始的匍伏磕拜以及手持經

輪或酥油燈盞的喇嘛們艱辛的步履,一陣風吹來,繞在牆根上的五彩經幡輕輕的在我臉上拂過,那瞬間的美妙感覺竟讓我溫馨和愜意的難以言狀……

　　窮人要飯、富人佈施、僧人轉經、俗人磕頭……人世間的喜怒天堂裡的恩怨就這樣情不自禁的在我面前蹦動了起來。

　　晃然間覺得滋生著太多世俗、雜念和苦不堪言的心境,依著這堵老牆竟也漸漸的開始學著去懺悔去冥想了……

站在大昭寺金頂上朝藥王山眺望,你會發現山谷下有一座古老滄桑的小寺院,它就是著名的查拉魯普寺院。

康巴人對陽光
的真心守望

康巴人生長於動盪跟遊牧之中，四處為家隨遇而安奠定了他們
不羈的性格以及善於因地制宜的生存秉性。當祖先們得知昔日
的養馬場變成了一條油燈通明香客雲集的街道時，再次踏上遷
徙之途，帶著瑪瑙、珍珠、玉石還有磚茶、酥油以及激情和理
想……

當有一天我坐在大昭寺對面的那堵牆根下，與德欽喇嘛探究起帕廓街的歷史時，我突然發現最先守望帕廓街的，除了大昭寺的喇嘛，便是那些盤頭結辮、腰纏藏刀的康巴漢子，以及穿銀戴金髮飾珊瑚的康巴女人了。

德欽喇嘛說，是帕廓街的陽光，吸引來了強悍而奔放的康巴人⋯⋯

說到帕廓街的陽光，不能不去考證一下拉薩的別稱「日光城」的來歷。

無論是從地質學或者氣象學上來論證，拉薩真的就是名副其實的「日光城」。

拉薩位於雅魯藏布江拉薩河中游的河谷平原上，海拔3658米。由於地處喜瑪拉雅山北側，受下沉氣候影響，全年少雨，年降水量僅在500毫米左右，而日照時間卻長達3000小時以上。於是在上個世紀的1960年拉薩建市之際，拉薩便被真正命名為「日光城」。

而在記載著西藏歷史的《大藏典籍》中，所謂的「日光城」，最早竟是緣自於帕廓街。典籍記載1300多年前的拉薩被稱之為「邏些」，隸屬於當時強悍的蘇毗部

康巴人喜歡坐在經幡下沐浴太陽。

帕廓街上一位康巴女孩。

落管轄，而如今的帕廓街當時還是一個名叫臥馬塘，水草豐澤的放牧場。到了
西元7世紀時，松贊干布統一了全西藏後，便將當時的政治中心移到了拉薩並在
昔日的放牧場上建起了大昭寺、小昭寺以及布達拉宮等日後名聲顯赫的宗教寺
院。

隨著佛教的傳入和興盛，前來帕廓街朝拜的人日益增多，於是圍繞人昭寺和
小昭寺便逐漸有了旅館、商店、民宅以及官府。這個昔日的放牧場便有了「帕
廓街」這條拉薩第一街。由於藏民們將此地視為神靈之處，便將昔日的「邏
些」改成了「拉薩」，意為聖地和佛地。所以從這個意義上來說，最早的拉薩
城便是如今的帕廓街。

那麼「帕廓」又作何解呢？在藏語中，「帕」釋為中，而「廓」意為轉，所
以帕廓街即「中轉街」。按照藏傳佛教的教義，圍繞大昭寺繞一周稱之為「轉
經」，以示對大昭寺內供奉著的釋迦牟尼佛的敬意和朝拜。而以線路長短來
分，「轉經」又分成小轉、中轉和大轉。沿大昭寺轉一圈為「小轉」，藏語稱

「佛祖之光」照耀著的日光城……於是「佛祖之光」便使拉薩有了「日光城」的美譽。

松贊干布建起了帕廓街，而真正讓帕廓街繁華而充滿生機的卻是那些從藏東、羌塘等地遷移過來的康巴人。

所謂康巴人，是指生活在西藏東部以及橫斷山脈附近的藏人。

關於康巴人的由來，有著許多不同的版本，但迄今為止最驚世駭俗的一個傳說，便是說西藏的康巴人是歐洲雅利安人的後裔。這個令人震驚的考證緣自於上個世紀初，德國著名探險家霍爾·斯曼的《東方旅行記》。

霍爾·斯曼在書中寫道，當年亞歷山大大帝率馬其頓軍隊東征，當軍隊抵達印度恒河流域時，高聳入雲的喜馬拉雅山橫亙在了他們面前，擋住了這支大軍前進的腳步。亞歷山大只好下令大軍西撤，但軍隊中卻有一部份雅利安人留戀東方的物產和文化而不願再繼續征戰，於是在大軍開拔時竟悄悄的留了下來。後來這些雅利安人便隨季節變化而漸漸的沿喜馬拉雅山遠徙並在西藏東部定居了下來……

在帕廓街上，我有一位好朋友名叫尼婭，是專門經營藏刀生意的康巴女人。很多年前我第一次進藏在帕廓街遇見她時便似乎有了緣份。因為我特別喜歡她身上的佩刀，而她則對我脖子上掛著的

為「惹廓」；沿昔日放牧場轉一圈為「中轉」，藏語便稱「帕廓」；帕廓街便由此而來。而所謂「大轉」則是指沿拉薩舊城也就是帕廓街週邊轉一圈，藏語稱『林廓』」……

拉薩或者說帕廓街之所以又被稱為日光城，從地理概念上講是因為每天太陽從藥王山上照射下來，最早照到的地方便是帕廓街。而就歷史而言，相傳日光城的叫法最早要緣於西元15世紀，第一世達賴喇嘛根敦珠為供奉於大昭寺的釋迦牟尼佛身鍍金時，忽然豔陽高照霞光萬道……根敦珠說：「此乃佛祖之光！」

從此帕廓街每天都是霞光燦爛豔陽高照，於是大昭寺的僧人便稱帕廓街是

西方人從小要洗禮，藏人也一樣，孩子一出身便被抱進寺院。

一位與象不同虔誠的
康巴女人。

那架尼康NIKON相機有興趣，所以我們便做了交換。尼婭說佩刀是她們家族祖傳的，一般不會隨便送人；我說相機不也是我的最愛嗎？於是我倆相對一笑，開始了十多年的帶著「祖傳」和「最愛」的友情……

當我問起康巴人和雅利安人的關係時，尼婭告訴我，她身上就有雅利安人的血統。

她說她的祖先便是當年亞歷山大大帝手下東征印度恒河平原和喜瑪拉雅山南麓的那些士兵。後來在遷徙移至橫斷山脈時因得傷寒而被一戶藏民收留。不久她的這位祖先便跟這戶人家的女兒結婚，從此祖先便開始了她們這個家族的歷史……

我在西藏呆的時間久了，遇上的康巴人也多了，才知道每一個康巴人都會

跟你說尼婭說過的這個同樣的故事，因為他們認定那個士兵和那戶人家的女兒便是所有康巴人的祖先。

而我聽到的卻是一個更為傳奇的故事。

康巴人喜歡而且會做生意的歷史由來已久，在藏區康巴人被公認為是西藏的猶太人。而最早的康巴商人竟也緣自於當年亞歷山大手下的那些滯留在藏區的馬其頓軍人。這些士兵為了生存便去打獵，然後用獵物去跟人換食品，所以這也是康巴人喜歡以物易物的傳統起源（當你讀到尼婭用佩刀與我交換尼康相機這段描述時也就不奇怪了吧？）。後來有一個軍官實在沒有什麼東西可交換了，便用僅存的一支槍交換了橫斷山谷裡的一個酋長的女兒，而他們的後代便是如今康巴人的祖先。

其實，如今再來探究故事的真偽似乎意義並不大，但有一點是肯定的，康巴人生長於動盪跟遊牧之中，四處為家隨遇而安奠定了他們不羈的性格以及善於因地制宜的生存秉性。所以當尼婭的祖先們得知昔日的養馬場變成了一條油燈通明香客雲集「佛祖之光」普照的街道時，便再次踏上了遷徙之途，只是這次懷抱的是瑪瑙、珍珠、玉石還有磚茶、酥油以及激情和理想……

康巴老漢。

從此，香火燎繞經尚輕旋灑遍佛祖之光的帕廓街上響起了第一聲吆喝……這陌生的吆喝聲卻很快如神聖的六字真言，開始在虔誠的藏民心中叩響起了延綿不斷的對新生活的祈禱和嚮往……於是，大昭寺裡的喇嘛、帕廓街上的僧人甚至越來越多的遊客都會真誠的對康巴人起了感恩之心，因為是康巴人讓帕廓街鮮活、明媚和燦爛了起來！

隨著帕廓街上的轉經筒一圈又一圈轉動著生命和年輪，一代又一代康巴人便像是在追尋著轉經路上祖先們深深淺淺的足跡，用智慧和德行、用勤奮和苦役完成著對帕廓街、對日光城、對佛祖之光的真心守望。

真正的信仰依舊在跋涉

千百年來帕廓街卻一如既往的演繹著人們熟悉或不熟悉的故事……
什麼是熟悉的故事呢？那就是通明的油燈、瀰漫的香火以及磕著長
頭的滿是懺悔的軀體和轉著經輪踏盡艱辛的步履……

很多年前，記得有一部以帕廓街為題材的電影，名叫《帕廓街36號》。

帕廓街36號就是如今帕廓街居民委員會所在地，這棟蓋著草牆看似極為普通的二層藏式房屋卻有著不一般的歷史。早年這房子曾相繼成為清王朝和以後的國民政府駐藏大臣的衙門。1959年前它還一度成為大堪布來大昭寺視察時的臨時休息所。直到1959年以後隨著西藏民主改革的開始，這兒才成為翻身農奴的財產。先是被解放西藏的第18軍的一個工作組佔用，後來又成了帕廓街派出所的據點。直到文革開始時，帕廓街居民委員會才正式搬進此地辦公。

帕廓街36號大昭寺居委會門前。

電影《帕廓街36號》通過居委會阿姨和派出所幹警的眼光，向人們展示了帕廓街上各式人等的喜怒哀樂以及發生在帕廓街上的一些鮮為人知故事，電影拍的真實而震撼，透過帕廓街這個西藏的視窗，向世人展示了虔誠、懺悔和感恩這些宗教道義、精神在這片雪域之地的永恆；同時又揭露出了發生在這片土地上的陰險、罪惡以及大逆不道、喪盡天良的殘忍……

這部電影後因種種原因沒能公開放映。

但千百年來帕廓街卻一如既往的演繹著人們熟悉或不熟悉的故事……

什麼是熟悉的故事呢？那就是通明的油燈、瀰漫的香火以及磕著長頭的滿是懺悔的軀體和轉著經輪踏盡艱辛的步履……

而不熟悉的故事則充滿鬼魅和懸疑。

1959年西藏叛亂期間，帕廓街竟築起了堡壘，成了藏軍抵禦解放軍的陣地……但即使是在硝煙瀰漫的槍林彈雨中，藏軍也沒忘每天要去邊上的大昭寺磕頭燒香……所以當解放軍張國華的18軍士兵衝進帕廓街時，投降繳械的藏軍手上除了槍竟還有點燃著的香火，原來許多藏軍都是大昭寺裡的喇嘛。

不過10年以後，大昭寺的喇嘛便沒有這麼幸運了。當年面對槍炮還能燒香拜佛，如今和平年代了，卻連香火都熄滅了……在文化大革命中，別說燒香拜佛，差點連大昭寺都被毀掉。整個帕廓街上就如同一大片廢墟，上面堆滿了被砸碎的佛像和經書，成千上萬的人踩踏在上面並高呼口號！

西藏著名高僧波米·強巴羅珠大活佛曾對我形容那時的景象：「他們的吼聲就如同洶湧的海洋在咆哮，要想把大昭寺和西藏文化吞蝕掉……」

大約在上個世紀的1990年前，別說帕廓街就是連拉薩都沒有一家酒吧和歌廳。記得1996年10月的一個夜晚，我在帕廓街上閒逛，除了坑坑凹凹的轉經路上洩灑著高原深秋明晃的月光和大昭寺前閃爍著昏暗而沉醉的酥油燈盞，整個帕廓街便沉浸在一片寂靜和黑暗之中，即使是遲遲不願歸去或早早到來的朝聖者，也只是默默的

一位老太太正走過大昭寺裡在做「佛事」的喇嘛身旁。

行走在轉經路上，他們在黑夜中等待著天亮時大昭寺那扇古老的檀香木門發出「吱呀」聲，等待著德欽喇嘛點燃新一天的第一柱香火……

這就是差不多十年前帕廓街之夜的玄妙之處，寂靜中蹦動著渴望黑暗中燃燒著火燭……

然而，這以後當我再次進藏，帕廓街的變化之大卻讓我始料不及。當年那透過香火瀰漫開來或印在轉經路上讓人彷彿置身於大恩大德之中的玄妙早已是全無了，即使許多歷經戰亂以及磨難好不容易保存下來的古老的遺跡竟也不知蹤影，取而代之的卻是越來越多的移植于山南、林芝和亞東等地的柳樹和槐楊樹以及現代化的酒吧和餐廳……雖然這些娛樂之地盡可能的妝點了許多充滿藏民族文化的符號，但這絕對是對宗教的嘲弄……

終於，一個歷時千年的朝聖之地變成了旅遊景點。什麼樣的人無論信仰與否，都要在大昭寺門口排個長隊磕個頭，精神和人文卻在這裡被割裂被鞭撻……1997年我去大昭寺探望波米‧強巴羅珠大活佛並跟他探討起這些問題，老人再次感慨的說：「如今的這一切，比戰亂更讓他心疼……」

2000年以後，拉薩以及帕廓街日益的繁榮昌盛起來。

尤其是帕廓街之夜更是燈火通明歌舞昇平，成都的川妹子、北京的流浪藝人以及廣東的廚子還有外國的商人不僅在帕廓街開了越來越多的酒吧和餐廳，甚至連夜總會和輪盤賭也興旺了起來。

我曾在大昭寺前親眼目睹兩個內地人在賭錢，他們各自將百元一張的錢從身後同時往外拿，誰錢出的多誰就能將對方手中的錢贏過來。玩一次似乎用不了一分鐘，天堂和地獄便擺在了他們的面前。我看他們每出手一次，至少都有上千元之多，然而輸贏對這兩個人來說卻如同遊戲，似乎只是數字的加減而全無精神或肉體上的愉悅和痛苦。

這是一位從川西一路磕等身長頭而來的虔誠者。

真正的信仰依舊在跋涉/ 33

一位剛剛磕完長頭的老人伸出顫抖的手向兩個把錢當牌在玩的年輕人乞討，就如同是乞丐……年輕人將一張百元大鈔遞給了老人，然後竟向老人磕起頭來……老人轉身又來到大昭寺門前，將這張百元大鈔布施給了一位殘疾的女人。這位殘疾女人缺了一條右腿，一根簡易的木棍艱難的撐著她的右半身。既使這樣她依舊在艱難的磕著等身長頭……

　　那天，我還看到有位遊客被一位強悍的藏人追著打。

　　動手打人的是位典型的康巴漢子，捲曲的長髮在風中飄逸，濃眉大眼配著一張充滿稜角的臉，朝那一站有模有樣就如演員，即使他揮舞拳頭那一瞬間，你都能想像他就如一頭暴怒的雄獅。

　　事情很簡單，遊客見康巴人英俊威武便動了給他拍照的念頭。誰知當遊客對著康巴人舉起相機時，康巴人連連擺手示意遊客不要拍，可是遊客不聽執意按動快門，誰知「卡嚓」一聲竟厄運臨頭……遊客不但被打，相機也被砸壞。

　　在拉薩的許多個金燦燦的黃昏，我曾久久的佇立在大昭寺的鎏金殿頂之上，喝著磚茶望著眼下帕廓街上的云云眾生……

　　那一刻，帕廓街在我眼裡就如同是個舞臺。

　　自古而今，天底下什麼樣的人都曾聚集在這個舞臺上盡情的表演。

　　但帕廓街又是個與眾不同的演繹場，雖然舞臺上表演非常的激情四溢，但卻沒有觀眾。無論精采或是拙劣，沒人喝采也沒人喧囂，因為帕廓街上的每個人，都是演員。

　　這個舞臺來者不拒、貧富不分、貴賤不管，無論是流浪漢或無產者還是暴發戶或中產階級、也無論是世俗的「到此一遊」的遊客還是那些內心踴動理想卻孤獨著的精神守望者……

　　每個人都在用自己的方式，在這個舞臺上搶佔一席之地。而大昭寺的誦經聲便是帕廓街上所有人的伴奏，人在佛祖的眼皮底下自願或不自願的走著自己的心路以及對生命的懺悔和哭泣，沒有了低下卑賤也沒有了崇高神聖，帕廓街這個舞臺寬容了所有人的慾望。

　　寬容就如同大昭寺前的香火，在僧人心中它是不滅的燈盞，在俗人眼裡它是點燃黑暗的光明。

　　儘管在通往帕廓街的漫漫長路上，真正的信仰依舊在跋涉……

滿臉滄桑的藏族阿婆每天
對著一捧佛珠祈禱懺悔。

大昭寺後的小昭寺裡的小喇嘛。

屬於青藏純粹的藍

即使是今天，我都清楚的記得當我在搖搖晃晃的車箱裡尋找空位時，無意中往窗外一瞥時隨之而來的那份瞬間的激動，是車窗外的一片純靜的蔚藍，我從沒見過那麼純粹的藍……

十年前的一個秋天的下午，一架老式的蘇製圖156客機把我和朋友曉林送到了青海的西寧，不知是由於氣流的緣故還是駕駛員駕駛水準欠佳，飛機在落地時竟顛了好幾下。後來聽空勤人員說，降落的一瞬間，飛機的起落架竟擦出了火星……很多年後，我依舊會經常記起那次讓我驚嚇受怕的一刻，走下飛機時我無數次的祈禱我的西藏之旅平安……

晚上西寧的兄弟為我們接風，跟他一塊兒來的還有位藏族漢子。西寧兄弟說為了讓我們壓壓驚，特地將這位藏族朋友介紹給我們認識。我接過藏族朋友的名片一看竟暗暗吃驚，這位名叫扎西旺多的朋友竟然曾經是北京中國佛學院副院長，而且還擔任過十世班禪喇嘛的私人醫生。

扎西對我說：「你們此次西行，為拜佛典乃長途跋涉不辭艱辛實屬善義之舉，佛祖定會保佑你們的。」扎西答應第二天先帶我們去拜見

青海塔爾寺裡的喇嘛。

著名的塔爾寺主持阿嘉活佛。

　如今已生活在美國的阿嘉活佛，絕對是藏傳佛教界德高望重的高僧，當年他被欽定為塔爾寺堪布的轉世靈童並一直擔任塔爾寺主掛，到了文革時塔爾寺被砸，阿嘉活佛便隱居山野，於嚴寒酷暑中打坐二十年，直到上個世紀的1986年才重新出山領銜塔爾寺並出任中國佛教協會副主席、青海佛教協會主席。

　記得那天上午，陰沉沉的天空上飄著小雨，我們跟著扎西緩緩攀上塔爾寺後山蓮花山頂，在山頂上有一片桑樹，樹蔭底下修著一排簡易的木屋。扎西說阿嘉活佛就住在裡面。

　我們走進木屋，一位小喇嘛在門口迎候。扎西說小喇嘛是阿嘉活佛的助手，他讓小喇嘛先陪著我們，自己親自進去向阿嘉活佛通報。

當年阿嘉活佛的誦經處，10年前他在這裡為我「摸頂」。

青海著名的倒淌河，因當年文成公主進藏途中路經此地，希望眼前這河水
倒淌回去將她的恩念帶回家鄉而得名。

小喇嘛給我們倒了酥油茶，我剛喝了一口扎西就過來讓我快進裡屋，阿嘉活佛同意為我們「摸頂」。

「摸頂」是藏傳佛教的一個習俗，一般只有在盛大的節日裡德高望眾的活佛才會給信徒「摸頂」，信徒們相信活佛的大智大慧和祝福保佑會通過他的那雙手傳遞給自己……1987年十世班禪喇嘛在日喀則曾創下一次給五萬名信徒「摸頂」的記錄。

我和曉林跟著扎西走進裡屋然後又轉到一個類似北京四合院似的天井，這時我看到前面屋簷下盤腿端座著一位穿著紅色袈裟的長者，他似乎微閉著雙眼但我卻能感受到空氣中到處瀰漫著他滿是智慧的目光……

這就是曾經被認定為安多塔爾寺第二十世堪布的轉世靈童嗎？我情不自禁的快走幾步一下子叩拜在了阿嘉活佛的跟前。活佛用雙手輕按我的兩邊太陽穴，姆指則搭在我頭頂，這一瞬間我突然覺得緊閉的雙眼裡呈現出朝霞一般的通紅，紅得又絢麗又刺眼，如同微閉雙眼長久直視太陽然後瞳孔放大眼底出血

十年前我在拉薩藏醫院探望西藏著名高僧波米‧仁布欽活佛，波米活佛後來為十一世班禪剃剪並成為他的經師。

般的感覺……活佛輕輕的念著經言，那經言迴盪在我的耳邊彷彿如寺院裡空靈的鳴響、聲聲扣動我的心間，差不多五分鐘後活佛鬆開了雙手，我再次向他叩拜磕頭。

接著曉林也叩拜在阿嘉活佛跟前……

我曾問曉林當時的感覺，他說彷彿滿眼是鮮紅的血。

阿嘉活佛用藏語跟扎西交待了幾句後我們便告辭了。

在下山的路上，扎西告訴我活佛讓我們可安心的去拉薩，西行之路不會有問題了，他已為我們祈禱加持！

下了蓮花山就要跟扎西告別了，我竟依依不捨起來，這時只見扎西從包裡拿出個本子並撕下一張紙，又在這張紙上用藏文寫了一段話，然後將紙條交給我說：「這是我寫給拉薩大昭寺波米‧仁布欽活佛的字條，我讓他也為你們加持。波米‧仁布欽可是如今全西藏最德高望重的高僧，你們到了以後一定要去拜見他啊！」

十天以後，我和曉林拿著扎西的字條

在大昭寺三樓的僧舍裡順利的見到了波米‧仁布欽活佛。波米活佛的僧舍雖然簡陋但佛龕內敬奉著的藏傳佛教格魯派創始人宗喀巴的銅像和窗台上盛開著的月季和海棠，讓僧舍充滿陽光和溫馨。波米活佛雖年已75歲但看上去卻是紅光滿面、神采奕奕。他端坐在鋪著黃色卡墊的床邊向我微笑，我則跪拜在他跟前並高舉雙手遞過扎西的字條。波米活佛看完字條後便為我「摸頂」……波米活佛在為我「摸頂」時跟阿嘉活佛一樣，也是口中念誦著經文……同樣我的感覺也跟在塔爾寺蓮花山上差不多，隨著波米活佛的那雙手在我頭頂輕輕劃過，紅色便開始在我眼中和心裡漸漸的蔓延，然後凝聚成一輪太陽或者一隻火球慢慢的升騰而起……

波米活佛為我和曉林「摸頂」後，又讓助手拿了一粒小丸子給我們吃。活佛說這是他親自加持過的用酥油和青稞粉做成的「長壽丸」，吃了以後不但身體健康而且精神不老。

我們用哈達回敬了波米‧仁布欽活佛的厚意。

1997年6月我在拉薩藏醫院的高幹病房裡，再次拜見了波米‧仁布欽活佛。

那時的波米‧仁布欽活佛已是聞名全國乃至世界的名人了。1995年9月他被委任為十世班禪的三位候選轉世靈童金瓶掣簽並同時擔任十世班禪轉世靈童堅贊諾布的剃度師。

1603年四世達賴坐床時，由於當時西藏格魯派的實際領袖是四世班禪，西藏的三大寺高僧決定請四世班禪為四世達賴剃度，從此以後班禪和達賴以年長者為師的貫例開始形成。所以按常規十一世班禪的剃度師應由十四世達賴喇嘛擔任。但由於十四世達賴喇嘛至今流亡海外，其剃度師的資格只好由高僧波米‧仁布欽活佛擔綱。

有趣的是早在上個世紀的1956年，波米活佛跟達賴喇嘛便在拉薩舉辦的傳昭大法會上辯經並同時獲得「格西拉讓巴」這個藏傳佛教的最高學位，所以四十年後由波米活佛替代達賴喇嘛出任十一世班禪的剃度師也算是順理成章吧。況且西藏的老一輩僧人和活佛至今都認定波米活佛跟達賴喇嘛為絕無僅有的精通藏傳佛教五部大論的師兄弟。

2002年11月20日，波米‧仁布欽活佛在大昭寺圓寂。

跟扎西在蓮花山下告別的第二天，我們便坐上了西寧開往格爾木的火車。

這西格線是中國最早的一段青藏鐵路線，始建於上個世紀的五○年代，1984年正式通車。

十年前由西寧開往格爾木的這趟火車乘客很少，每節車箱裡往往才十來個人。火車的保養似乎也不到位，外面髒裡面也不怎麼乾淨。所以那天我們上了車找到自己的位置後便準備找個三人座躺下睡覺……但我怎麼也沒有想到，這趟差點讓我用睡覺來打發時間的旅程竟成了我日後魂牽夢繞的一段難忘時光，甚至在以後的七年時間裡，我又連續三次乘上這趟火車去感受這份令我心靈震撼的美好回憶……

即使是今天，我都清楚的記得當我在

搖搖晃晃的車箱裡尋找空位時，無意中往窗外一瞥時隨之而來的那份瞬間的激動……讓我激動的是車窗外的一片純靜的蔚藍，我從沒見過有這麼純粹的藍，即使早年當海員在大海上航行時似乎也不曾見過……突然覺得這分明是有人將車窗塗成了蔚藍色，不然的話為什麼會藍的這麼潔淨和純粹而沒有一絲雜念？我情不自禁的探出頭去，竟連樹和電線杆都看不見了，滿眼的蔚藍甚至連深淺都一樣……原來，火車是繞著青海湖在開……在這個寧靜的午後，太陽慢慢西去，那一道光的痕跡將水天中和成一色……漸漸的眼前的蔚藍色中出現了一片深深的綠色，纖細柔和的波紋也純淨唯美的如同康巴人胸前那塊神聖的綠松石……這就是匯入了青海湖的著名的倒淌河啊。

所謂倒淌河其實是由日月山雪水匯積而成的一條河流，因為地殼運動的作用，日月山海拔日漸高漲，使得這條河的河水漸漸的改變了流向，由東開始往西倒流，所以這條河便被稱之為倒淌河。倒淌河流進青海湖後又因日光的作用，河水顏色便與向東流的青海湖水形成了反差，有時變深藍有時又成墨綠。

而在藏民心中，倒淌河的由來是跟文成公主有關的。相傳當年文成公主進藏路過日月山時，心中蹦動起思鄉之情，於是淚如雨下竟匯成了一條河。這時，肩負著藏漢友誼使命的天成公主擔心河水向東流回長安會引起親人的不安，便祈禱上蒼讓河水往西倒流……

我雖然一直坐在車窗前，但我感覺我的心彷彿早已置身於窗外的這片蔚藍中……尤其是車過倒淌河時，湖水中的那片墨綠在我眼中竟瞬間化成了塔爾寺阿嘉活佛那滿眼的深邃……即使是今天這深邃的眼神都不曾離我遠去。

在西去格爾木列車的這個視窗，我早已忘記了時間。直到天邊出現了縷縷紅雲，我才感覺到一個下午就這麼過去了。高原的太陽到了傍晚就會燃燒成一個火球並如火焰一般把天地染的通紅，剛才還是寂靜溫柔的藍色水天，瞬間便激情四溢起來，一片片彷彿燃著火的紅雲紛紛墜落在湖水裡泛起了一陣陣彩色的漣漪，而遙遠的日月山雪峰也漸漸的顯身於天邊：這時太陽剛好落進日月山的雪線，而月亮也正好爬上來，於是青

青藏線上到處是充滿「印象派」風格的風景。

青海塔爾寺喇嘛。

海湖畔日月同輝日月山的壯美奇景讓每一個身臨其境的人都激動不已……忽然想起臨別時扎西的話：「你這一路西行，藏地的美是看不夠的……」

雖然夕陽西下了，但青海湖水依舊泛著紅光，突然我發現火車不知什麼時候已經行駛在了一片白茫茫的如雪地般純潔的大地上，漸漸分道出來的鐵軌在太陽最後的餘輝中如同油畫般的凝重而富有詩意……我幾乎不相信自己的眼睛，這是什麼地方啊？難道是6月飛雪嗎？難道是日月山的積雪融化在了西去的朝聖路上？

青海湖漸漸遠去了，而遠方則出現零星的房屋和一輛毛驢車，鐵軌旁開始有人在行走，列車員告訴我，我們的列車此刻正行駛在察爾汗鹽湖上，那滿地的潔白便是晶瑩剔透的一望無際的鹽灘。

我心中突然躅動起一陣驚喜，記得在遙遠的中學生時代，當酷愛地質的我第一次從地理課本上看到那張潔白如雪的鹽灘照片並知道了名列世界第二的察爾汗鹽湖，就座落在中國西部的柴達木盆地上時，那種油然而生的自豪感和充滿

了理想的憧憬就一直縈繞在心中……很多年後雖然我從事的是跟地質毫不相干的工作，但卻一直夢想著有朝一日我能去趟鹽湖，沒想到竟會在進藏的途中，讓我有機會親眼目睹了鹽湖的遼闊和壯麗。

西去格爾木的列車就彷彿是在畫中穿越，滿眼都是斑斕的色彩，在這以後我又三次進藏，我既沒選擇直飛拉薩也沒選擇走川藏線，走的依舊是青藏線，如此執著就是為了能再去感受一下青海湖、日月山、倒淌河還有如六月雪似的鹽灘和火球般燃燒的落日以及足以讓我記一輩子的五道梁、唐古拉……

我們在格爾木休了一天半。

這個中國最西邊的小城，過去一直是個「兵城」。早在唐朝時期，格爾木就曾相繼被稱為「蕃戎」和「唐戎」，在上個世紀的1955年前，格爾木依舊是個軍營，走在馬路上幾乎看不到一個老百姓。直到後來國家準備修青藏線，才漸漸的調進來一些擔任後勤工作的鐵道兵的家屬以及就地安排了部份復員官兵，這時格爾木的「綠色」

青藏線上著名的崑崙山脈。

開始慢慢褪去：1984年隨著青藏鐵路通到格爾木，昔日「兵城」才徹底變了樣。由於格爾木地處青藏高原海拔達到2800公尺以上，而且地勢複雜氣候多變，所以準備走青藏線進藏的人都選擇先在格爾木作適應性休整，如果身體沒問題則義無反顧繼續西行，反之則打道回府。

在格爾木的一天半裡我和曉林的身體沒有任何不適，於是第二天下午我們背起行囊來到格爾木汽車站找車進藏。當時從格爾木進藏遠沒有如今方便，別說火車即使是汽車也有各種選擇，你可以坐每天一班的長途班車，日產豐田大巴約25個小時便可抵達拉薩，或者包各種私人小車有越野巡洋艦也有別克商務……

可我們那時卻沒有這麼多選擇。我們到汽車站時，當天去拉薩的班車早已開走了。我們只有兩個選擇，要麼乘第二天的班車，要麼至少花3000元包下那輛臨時停在車站的50座的日產大巴。因為我們沿途要不停的拍照，所以乘班車去拉薩不可行。只有包車前往，但又沒有小車，所以只能花3000元包下那輛日產

大巴……有趣的是跟隨這輛車的有三位藏族司機，所以這三位司機輪流為我們兩個人開這輛原本可乘50個人的車。不過我們包這輛車是有條件的，沿途只要我們認為需要拍照的地方就必須停車，三位藏族司機滿口答應。於是花了十幾分鐘裝行李並預先付了1500元後，我們便上路了。

六年以後，當我在格爾木汽車站再次遇見那三位藏族司機中的其中一位時，他忍不住告訴我，當年那3000元到了拉薩後每人各分得1000元，扣去油費每人淨賺900元，比他們平時一個月的收入還多……到了拉薩三個司機去喝了一頓酒，在酒桌上除了高興之外，最令他們想不明白的是這兩個人估計是錢多的沒

儘管高原反應頭疼的厲害，但當車駛抵海撥5327米的唐古喇山時，還是堅持下車在山的界碑前留影。

進入西藏界內，連雲彩都變得凝重起來。

地方花了。

　　怪不得那天上路後，三個司機有說有笑還不時的哼上幾句藏族歌謠。而此刻我們則全神貫注的看著窗外的景色並隨時準備叫司機停車……

　　從嚴格的意義上來說，真正的青藏公路便是從格爾木從我們此刻的腳下開始了。

　　說到青藏公路我們不能忘記一個人的名字，他就是慕生忠將軍。

　　1953年初，這位轉戰南北身上有27個槍眼的將軍，奉命率一個師的兵力攜彈藥物質沿青藏線進軍拉薩。當時去拉薩的物質全靠駱駝運輸，於是慕將軍徵集了上萬峰駱駝隨軍前行……駱駝被稱為沙漠之舟，能適應沙漠卻適應不了風雪高原，更走不了堅硬的雪地冰川……於是當春天來臨時，青藏線成了駱駝的墓地，慕將軍的萬峰駱駝已倒下了四千多峰，以至於後面的部隊都不用嚮導了，因為沿途的駱駝骨就是路標。

　　面對如此慘烈的情景，慕生忠萌生了強烈的念頭：必須要修路，而且一定要把路修到拉薩，1954年初春，慕生忠奉命率一千名士兵和一千名民工、加上一百多輛汽車，連續奮戰十個多月，終於在1954年底將青藏公路修到了拉薩。

　　我們的車抵達西大灘時，已是下午四點多鐘了。藏族司機建議我們在西大灘吃點晚飯，因為再往前走過崑崙山進入可可西里無人區後不僅找不到飯店而且將面臨青藏公路上最危險的地段五道梁的考驗。司機說五道梁海拔3500多米不算太高，但由於氣候變化莫測氣流湍急，幾乎每一個走過五道梁的人都會難受的叫爹叫媽……

　　我們走進了一家名叫「口福」的小小的川菜館，但餐館裡卻沒有什麼東西可吃了。老闆娘是個川妹子，她說因為晚上沒什麼人朝裡走了，所以餐館裡備的飯菜一般過了中午就沒有了。於是我們只好請老闆娘炒兩碗蛋炒飯，再燒了個榨菜肉絲湯。想起行李中還有個午餐肉罐頭便去拿了下來，兩個人將午餐肉拌在蛋炒飯裡吃的竟還很香……因為想趁日落時分抓緊拍些崑崙山以及可可西里的景色，所以三下五除二對付完了嘴一擦便急急上路了……

然而我怎麼也不會想到，西大灘上的這碗蛋炒飯，在接下來的二十多個小時裡竟差點要了我的命⋯⋯

「我們已行進在崑崙山上了！」司機提醒我們。

由於崑崙山的山腳坐落在青藏高原上，所以我們在青藏公路上途經崑崙山脈時並沒有感受到其山峰高聳入雲的巍峨和壯觀，那起伏的山脈倒像是平緩的山丘，儘管海拔已是6000米以上了，不過由於近在咫尺，在夕陽下崑崙山的脈絡和節奏顯得更加充滿詩情畫意，尤其落日映在山中凝聚成的色調簡直會讓人美的產生幻覺⋯⋯

我們自然不會放過這樣的景致，於是兩人下了車一陣猛拍，司機將車停在路旁，點了一袋煙看著他們眼裡的這個「傻瓜」⋯⋯

我們在車下晃蕩了差不多一個多小時後，便開車上路了。

車子開了不一會兒便攀上了海拔6100多米的崑崙山東段主峰玉珠峰⋯⋯這時，車窗外的景色是越來越美麗了，西去的落日似乎就落在崑崙山主峰的山坳裡，彷彿形成了一個巨大的篝火陣在我們面前燃燒：玉珠峰上紮滿了色彩斑斕的經幡，在耀眼的餘輝裡就如一片片彩雲在飄揚；司機又靠邊停了下來，他們知道如此美麗的景致，車上的那兩個人是不會放過的。但司機把車停了片刻卻不見我們下車，轉過頭來一看才發現我們已昏昏欲睡，曉林連窗外的景色都沒來的及看便躺倒在了椅子上。我還算好，把頭貼在窗戶上使勁看著外面的風景卻是心有餘而力不足，頭疼的讓我根本就沒力氣和心思挪動一下身子，更別說下車了⋯⋯司機見狀趕緊起油門加足馬力將車開了起來。司機讓我們兩人閉眼睡覺，因為到了前面五道梁，高原反應會更厲害。

這時我隱約聽到曉林微弱的聲音從他裹著頭的衣服裡傳出來：「劉沙呀，到了拉薩替我買張回上海的機票，

這是著名的那木措，終
於看到西藏的藍色了。

這是青藏線當雄境內著名的哈拉瓦神山，旁邊是藏民朝拜時獻的哈達和經幡。

我吃不消了我要回去……」

我也有氣無力的應著：「買兩張機票，我們一道回去，我也不行了……」

這時車開始顛了起來，剛才吃進去的一大碗拌了半罐子午餐肉的油膩的蛋炒飯開始在胃裡翻江倒海起來……後來我才知道我們這是犯了行走高原的大忌，在高原上旅行首先不能吃的太飽，更不能進食太多的油。

在車子的顛簸中，我頭越來越疼，疼得整個後腦勺幾乎要撕裂開來，人開始噁心，下午吃下去的東西已全都堵在了嗓子眼裡……這時我唯一的清醒就是千萬別吐出來，剛才用的那台配上廣角鏡的尼康F3相機，是我專門為這次西藏之旅花了兩萬元新購的，拍完崑崙山美麗的晚霞後就被我隨手放在我旁邊的座位上。攝影師一般拍完照後都不習慣將相機放回攝影包裡，而是更願意放在自己隨手能拿到的地方，這樣能方便搶拍到一些稍瞬即逝的美景。

雖然頭疼的死活來但神志還是蠻清醒的，我看到我的尼康F3相機在位置上不停的顛上顛下……這是兩萬元的新相機啊，怎麼捨得讓它這麼顛哪？還不趕快放進包裡？這是我的心聲。但我總算體會到什麼叫心有餘而力不足了，就在我

心疼的看著相機啊，我的手腳卻因強烈的高原反應而早已麻木了，連挪動一下的力氣都沒有了……隨著高原反應越來越厲害，剛才還比較清醒的神志也開始喪失了它應有的辨別能力……這時那台相機從座位上顛到了車子地板上並隨著車身的晃動顛簸更強烈的震盪起來……「命都快沒了，相機算什麼呀？」我腦子瞬間閃過了這麼個念頭，隨後就沒有了知覺，說不清是睡著了還是腦袋疼的昏過去了……

車子不知開了多久，突然停了下來。

我似乎感覺有人在搖晃我，我終於睜開了眼睛，看到司機們在攙扶我。見我醒來他們說：「到唐古喇山了，下去拍張照留個影吧。」

在唐古喇山口留影拍照，似乎已成了所有走青藏線人的慣例，任何一位司機將車開到唐古喇山口時都會停下來。在唐古喇山口有個界碑，上面刻著為貫通這條路而死在唐古喇山口的那些士兵和民工的名字，界碑上還紮著經幡和哈達，今天的路人在這裡停一停，就是表達對死去的先人們的敬意。

我和曉林迷迷糊湖被他們扶下車，外面一片黑暗真的是伸手不見五指……這時司機用車燈打在了刻有「唐古喇山口海拔5231米」字樣的界碑上，我似乎連站都站不住，曉林勉強用相機為我在界碑前隨便拍了一張，回上海後照片洗出來上面的人影是模模糊糊的，他告訴我其實當時對焦時他什麼都看不清楚，我說怪不得呢！

在夜色的唐古喇山口逗留了差不多十分鐘，我們又繼續西行。

司機說過唐古喇山就進藏北草原了，然後就是安多、那曲、當雄再過念青、羊八井就到拉薩了。

因為高原反應沒絲毫減弱，頭疼的幾乎失去知覺……再說又是夜間行駛，所以，雖然司機口中吐出的那些個地名都曾經讓我心馳神往，但卻無能為力只能半死著。

這個夜晚的錯過一直讓我耿耿於懷，等我一年後第二次進藏時，特意乘的是輛早上發的班車，計畫在安多下車，然後去那曲羌塘草原看賽馬並深入到藏北無人區拍攝野犛牛、藏羚羊、野驢和黃羊等野生動物；但這次西行竟比我第一次更慘，我們的車竟然在五道梁拋錨並被告之要等十個小時才會有後援車上來，這時突然下起了大雪，近百人擠在五道梁兵站的那家小麵館裡，麵館裡連根蔥都沒有了，所有的人是又冷又餓而且還帶著強烈的高原反應；我比第一次

長江源頭沱沱河。

西行的反應似乎還要嚴重，我甚至覺得我感冒了，這時感冒是要死人的呀，我下意識覺得千萬不能再在這裡等下去了，要死也要死在拉薩，於是我不顧一切衝到公路上去招呼過往的卡車。

遺憾的是我去了好幾次西藏，至今都沒有機會遊歷過藏北無人區和羌塘草原……

又不知過了多久，反正我感覺好像外面下起了雨或雪，窗戶被雨雪打的霹靂啪啪的……這時車停了下來。只聽司機說「到拉薩了！」

車門打開了，兩個司機在幫我們提行李，另一個司機跑來問我要身份證去前台替我們登記，我指指上衣口袋讓他自己拿。就在他拿身份證時我又拍拍上衣口袋，因為我們還欠他們1500元，我也示意他自己拿。雖然我和曉林此時因高原反應而神志不清甚至看人都是模糊的，但司機從我口袋裡取錢時的一個細節還是讓我看到並一直記在了心裡。他掏出一疊錢數了一遍似乎多了100元，他又數一遍還是多，便將這100元又塞回到我的口袋裡，這時我看了一眼他手腕上的錶正好凌晨4點，我和曉林被司機們抬進房間，像兩個東西一樣放在床上。

我是被一縷陽光刺醒的，睜開眼睛發現窗外早已是陽光燦爛了。哦，這可是拉薩的陽光呀，難怪這麼明媚啊！尤其是那片天蔚藍的就如同清澈的海水，我一下子坐了起來，突然發現我和曉林睡覺時別說那身迷彩服就連帽子和鞋子都沒有脫，穿戴是如此整齊啊！我們倆彼此看著對方的模樣竟哈哈大笑起來。

我難以形容當我醒來時那種舒服的感受，就如同一個疲憊不堪的人突然讓他睡了幾天幾夜後自然而醒時的那種輕盈和舒展，此時似乎滿腦子全都充足了氧氣，我們活過來了！

曉林在床上大聲吼叫：「去他媽的回上海的機票吧，我不回去了！」

而我則突然像神精質似的跳下床在行李裡一陣亂翻，因為我想起了昨天在車上顛了十幾個小時的那台寶貝相機。

2006年7月1日，火車終於開進了拉薩……

眼看著錚亮的鋼軌穿越茫茫的雪線，呼嘯無情捲走了唐古喇山口瑪尼堆上飄逸了五十年的經幡和哈達，如地震般的撼動打破了世界上最後的寂靜和空靈，藏羚羊孤獨的身影和那雙驚恐的眼神會如史前遺跡般讓我們銘記……

面對江孜的一段
生命懺悔

我永遠難忘在那個蒼涼的秋夜，我和果覺活佛圍繞著白居寺著
名的措勤大殿裡昏暗的酥油燈盞，聽老活佛跟我講述白居寺僧
人為保衛宗山和寺廟犧牲的亡靈們超度的故事……

江孜一向有後藏名鎮之譽。很久以前當日後的後藏首府日喀則還沉睡在宗教的襁褓中時，江孜已成為當年西藏嘎廈政府在後藏的交通和政治中樞。據史料記載當年嘎廈政府跟尼泊爾和印度簽署的有關邊境條約的談判便全都是在江孜進行的，而清王朝為保衛邊防派駐後藏的五百戎兵的兵部所在地也設在江孜。

　　當然真正讓江孜聲名顯赫起來的自然是一百年前的那場早已載入史冊的江孜保衛戰，由於西藏在南亞所處的重要的戰略地位，早在19世紀末英國侵佔印度後便對西藏垂涎三尺：上世紀的1903年英國終於發動了對西藏的入侵，英軍在麥克唐納統帥下從印度越過著名的麥克馬洪防線佔領亞東後，繼續北上沿帕里長趨直入向江孜進

犯，沿途沒有遭遇任何抵抗的英軍，卻在位於江孜楚河河谷平原的宗山腳下，嘗到了同仇敵愾的江孜人民射出的子彈。900名江孜百姓和藏軍士兵依託宗山古堡頑強抵抗英軍兩個多月，最後終因彈盡糧絕而全部壯烈犧牲……

不過西藏歷史上的這段英雄史詩，內地人卻知之甚少。或者說那些前來西藏旅遊的人即使是知道這段歷史也很少會有人特意為此而來江孜的宗山一拜。

1986年冬天有位叫勞倫斯的英國人來到江孜，他說他的爺爺就曾是當年進攻江孜的英軍軍官。他拿著他爺爺當年拍攝的一張如今早已泛黃的江孜宗堡的照片前來宗山拜謁當年死去的江孜亡靈：他爺爺在後來出版的回憶錄中提的最多的不是英軍的勝利，而是守衛城堡的江孜百姓面對刺刀最後跳下宗山以死相搏的悲壯情景，如今已是英國著名藏學家的勞倫斯說他要親自拜謁一下當年英雄們縱身一跳，留下無盡悲情的懸崖。只

是讓英國人唏噓不已的是眼前的宗山城堡雜草叢生、殘牆破壁，竟跟當年經過激烈戰鬥後的景象沒有什麼變化，都過去這麼多年了，但他很快就憑著手中的照片一眼認出了當年江孜勇士們的「跳崖處」。

就在英國藏學家勞倫斯拜謁江孜十年後的一個深秋，我也開始遊歷於江孜的街頭巷尾，有一天去宗山下謁拜著名的白居寺，因為有傳說當年抗英犧牲的亡靈後來全都被供奉于白居寺內並有僧人為他們超度，於是便動了去白居寺的念頭。

白居寺建於西元1436年，藏人通常稱白居寺為「班廓德慶」，意為「吉祥輪寺」。它不僅是後藏的三大名寺之一更是因為在寺廟的主旨中包容了薩迦、格魯、噶舉和寧瑪等四種教派的教義以及在建築風格上吸收了緬甸、尼泊爾、印度和內地漢族宗教建築的多重元素而成為藏地獨一無二的一座風格獨特的寺

江孜縣城。

廟。

由於白居寺內藏有大量的融匯了印度、尼泊爾以及中亞各國佛教藝術的密宗壁畫、金銅佛像以及絲織唐卡等珍品，常年進犯江孜的英軍便兵分兩路，一路強攻江孜宗堡，另一路直取宗山腳下的白居寺企圖闖進寺內強行掠奪珍寶。但是英軍卻遭到了江孜百姓以及白居寺僧人的頑強抵抗；1903年11月5日，經過數天的激烈戰鬥英軍終於逼近了白居寺，保衛白居寺的江孜軍民只剩下最後三人，在彈盡糧絕寡不敵眾人的情況下他們切腹自殺壯烈犧牲，儘管最終英軍闖進了寺院卻沒有要到他們想要的東西，因為在江孜百姓抵抗英軍期間，白居寺的僧人們已將能搬走的藝術品通通藏到了宗山腳下的地洞裡。

江孜百姓和僧人以生命為代價保護了這些價值連城的珍品，戰後清政府下達了蓋有皇帝印章的封地文書，給最後自殺身亡的三位英雄的後代封了三崗地（每崗地40畝）以資嘉獎，並指令這些土地永遠都不用交租。

然而近百年以後，人們卻漸漸忘卻了這段悲愴的歷史和當年那些英勇抵抗的江孜百姓……白居寺的果覺喇嘛告訴我，他在宗山下呆了五十年，沒看到有什麼人來寺內為那些死去的人磕個頭點柱香，即使去山上那座城堡前放束花的人都不多……倒是白居寺裡的僧人們在一直守護著這些亡靈。

我永遠難忘在那個蒼涼的秋夜，我和果覺活佛圍繞著白居寺著名的措勤大殿裡昏暗的酥油燈盞，聽老活佛跟我講述白居寺僧人為保衛宗山和寺廟犧牲的亡靈們超度的故事……果覺活佛說，自從

在去江孜的路上。

英軍佔領宗山以來，從秋天到冬天再到夏天和春天……從年幼的小僧人到年邁的老活佛，無論是早課晚課，也無論是誦經辯經，白居寺僧人一年又一年，一代又一代的守望，對亡靈的超度從未停止，多少活佛就在這份真誠的守望中圓寂了，但這些大德高僧們卻在圓寂之前，將他們對亡靈的祈福拜託給了守候在身旁準備為自己超度的喇嘛們，以求生命逝去，但靈魂對靈魂的超度卻將永恆……

有趣的是，1998年一部名為《紅河谷》的電影竟喚起了人們對這段早已陌生的歷史的記憶或尊重。

這部以江孜抗英歷史為背景並用一段悱惻纏綿的愛情故事貫穿其中的電影，雖然大部份情節都是杜撰的甚至主要的取景地，比如那條美麗的河谷竟也不是江孜的河谷而是內蒙古的一片風景……但電影的公映依舊，讓之前幾乎鮮有人跡的江孜宗山成了旅遊熱點……

2000年的秋天，我再次爬上宗山。昔日殘敗不堪的江孜宗堡早已被修復，那著名的「跳崖處」有了一塊大理石碑並用欄杆圍了起來。來自於各地的遊人紛紛在「跳崖處」和宗堡前排隊留影……大部份人在追問導遊：「寧靜扮演的丹珠最後是不是從『跳崖處』跳下去的？」

雖然聽來滑稽甚至有點悲傷……但至少亡靈的墓前開始擺起了鮮花，更重要的是屹立於宗山上的那座早已因年久失修幾近殘敗讓當年的勞倫斯一眼就找到了「跳崖處」的江孜城堡終於開始獲得了政府撥的善款……

我又去白居寺探望了果覺活佛，並告訴了他如今終於也有人來祭奠亡靈了，年邁的活佛拉著我的手緩緩的來到五年前我們相依而坐的措勤大殿，我又看見了熟悉而親切的酥油燈盞，只見果覺活佛口念著六字真言朝大殿中的那尊鎏金彌勒佛銅像忘情的叩拜，寺內昏暗的光線中，不滅的酥油燈映著果覺老人臉上的紅潤忽然顯得特別的透亮起來，此刻，我想起在陰鬱的天空底下忽然露出的那一道稍瞬即逝的太陽的餘光。

白居寺的果覺活佛。

美麗卻殘酷的
帕拉莊園

帕拉莊園的經堂裡有漢式雕花門洞也有藏式木門，令人驚歎的
是帕拉‧扎西旺久竟然使工匠用圖文將《紅樓夢》、《三國演
義》、《水滸傳》和《西遊記》這四大古典名著的故事栩栩如
生的雕繪在這幾扇門上，後人稱它為凝聚了漢藏文化的聖殿，
而當年正是憑藉著這個獨一無二的經典創意，使得帕拉莊園躋
身進西藏八大貴族世家之列。

1996年深秋，在江孜白居寺裡我跟果覺活佛在一起待了兩天後，
便隻身前往著名的帕拉莊園，於江孜郊外年楚河平原上的一個叫
班覺倫布村的村子裡，如今站在宗山城堡或者登上白居寺高塔都能遙
望到雄偉的帕拉莊園以及當年屬於帕拉家族的那一大片農田。

莊園依山傍水坐北朝南，總面積近5萬平米，共有82個房間加3個院
落。因為土地肥沃良田豐碩果樹鬱鬱蔥蔥，所以如今班覺倫布村又被
稱為「後藏江南」，而在五十年前，我眼前的這個美麗如畫的班覺倫
布村竟全都屬於帕拉家族的田園，而全村86戶村民則是帕拉莊園的郎
生（農奴）。

帕拉家族在西藏的歷史上擁有非常顯赫的地位和威望，家族的祖
先早年是不丹一個部落的酋長，後來因為不丹發生內亂而遷徙到了西

藏……日後這位不丹的酋長不但成了西藏的貴族，而且幾百年後他的後代一個個也都成了當時西藏地方政府的噶倫。比如十四世達賴喇嘛的「卓尼欽莫」（大管家）和他的藏軍警衛團「代本」（團長）均由帕拉家族歷史上最著名的「帕拉三兄弟」中的老大和老三擔任，由此可見帕拉家族在政教合一的舊西藏時代擁有多大的權力，不過最終讓帕拉莊園如日中天、獨霸一方，並最終躋身進舊西藏時代最富盛名、最有權勢的八大貴族世家之一的，卻是「帕拉三兄弟」中的老二帕拉·扎西旺久。

帕拉·扎西旺久早年曾是個僧人，當年他十一歲時便在江孜的林樸寺出家，他的兒子如今班覺倫布村的村民羅布次仁告訴我，他的父親出家才兩年便已能熟背藏傳佛教的《五輪經法》，原本或許可以成為西藏的一位優秀的僧人，然而在他二十歲那年，卻因哥哥帕拉·土登維登和弟弟帕拉·多吉旺堆相繼為官，便遵循父命還俗回家掌管起了帕拉莊園，在這之後，帕拉·扎西旺久用了十年的時間，終於將帕拉莊園打造成了舊西藏的貴族名門：1959年當帕拉·扎西旺久流亡國外時，留在西藏的帕拉莊園是全西藏唯一沒有被破壞並且保存完好的貴族豪宅。

1980年冬天，生活在瑞士的帕拉·扎西旺久在接受瑞士一家電視臺採訪時說，當年他將莊園完整的留給西藏的新政權，完全是人性和文化的驅使。他說他不想破壞歷史。

1982年春天，帕拉·扎西旺久在瑞士病逝。

1995年夏天，帕拉莊園成了江孜的一個旅遊景點，30元一張門票在十年前還是不便宜的，帕拉·扎西旺久當年抱負在身理想崇高，帕拉莊園便是在主人的豪情萬丈中，現實了願望。但是充滿著幻想的帕拉·扎西旺久，卻至死都沒想到人們去他的家竟然要花錢。

帕拉·扎西旺久的「家庭大經堂」是整個帕拉莊園裡最顯赫、也是最值得一看的地方，經堂裡既有漢式雕花門洞也有藏式木門，令人驚歎的是帕拉·扎西旺久竟然使工匠用圖文將《紅樓夢》、《三國演義》、《水滸傳》和《西遊記》這四大古典名著的故事栩栩如生的雕繪在這幾扇門上，所以帕拉莊園大經堂被後來人稱為凝聚了漢藏文化的聖殿，而當年正是憑藉著這個獨一無二的經典創意，使得帕拉莊園躋身進西藏八大貴族世家之列。

帕拉莊園當年的郎生（農奴）羅布次仁。

站在帕拉莊園的屋頂上看見的如詩如畫的風景。

　　穿過大經堂便是帕拉‧扎西旺久太太卓薩的臥室，在這間臥室裡陳列著這位江孜的名門之秀當年享用過的法國香水、瑞士的雀巢咖啡，以及即使今天看來都充滿時尚新潮的義大利高跟鞋；而在卓薩床頭的牆上，竟還貼著一張當年上海影星李麗華的海報照片。

　　羅布次仁說，他的這位母親是當年西藏最時髦的女人之一，甚至還到印度去拍過電影和雜誌封面，卓薩在印度時學會了釀酒，所以帕拉莊園裡如今還有一個酒窖，這也是當時當年西藏其他貴族莊園裡不可能擁有的。當年卓薩在酒窖裡不僅藏了許多洋酒，還藏了自己用青稞釀的酒，每到週末卓薩便請人來喝酒，來的客人不僅是貴族有時甚至還請表現好的「郎生」……雖然這麼多年過去了，酒窖裡也早已空空如也，但那些早已殘敗破落的磚牆上，卻似乎依舊散發著陣陣酒香。

　　不過，千萬別以為法國香水、印度酸酒、中國名著，便能改變一個西藏奴隸主的信仰，要知道臥室、經堂甚至走道上，與美女照並排掛著的還有牛皮鞭和鐵鐐銬……而他們每天在享用音樂和咖啡的同時，最樂此不疲的是站在有著豔麗陽光的大露臺上，朝著對面「郎生院」裡扔進一塊羊骨頭後看那些饑餓的「郎生」開始像當年的羅馬角鬥士一樣殘酷的生死廝殺起來，這也便是帕拉‧扎西旺久以及他的太太卓薩最想要的生活，非常美卻殘酷。

　　而更讓我感到無奈甚至悲慘的是，我發現

幾乎每次去帕拉莊園，我都會遇到一些當年莊園裡的「郎生」，雖然他們如今早已翻身作了主人且年事已高，但卻非常樂意去帕拉莊園的「郎生院」裡故地重遊並為遊人擔當「導遊」。六十歲的拉巴羅傑是當年這些「郎生」中混的最有出息的一位，1978年他當上了班覺倫布村的村長，一幹就是十二年。1995年後他也跑到帕拉莊園當起了「導遊」……

我第一次去帕拉莊園，拉巴羅傑便帶著我去參觀了當年的「郎生院」，所謂郎生院就是當年拉巴羅傑和他的郎生們生活的地方。那天我跟著拉巴羅傑輕輕推開郎生院那扇陳舊斑駁的老門，我看到這是一個差不多一百多平方米的院落，院落裡由泥灰土牆隔出了十幾間如豬圈般簡陋的小屋子，這些不足十坪米

的小屋最多時卻要擠十多個人。小屋沒門沒窗更沒有照明，郎生們晚上就合衣睡在泥地上，在每間小屋的門洞上，至今保留著當年的門牌，門牌上用藏文寫著小屋主人的名字，比如「片多家」、「尼瑪瓊達家」、「邊巴蒼覺家」……

拉巴羅傑帶我走進一間沒有掛門牌的小屋，裡面有個破的水罐，拉巴羅傑說這就是當年他們的家，父母親帶著拉巴羅傑和他的三個弟弟在這兒度過了十六年，拉巴羅傑的父母就在這間昏暗潮濕的屋子裡生下了他們，又在這裡永遠離開了他們……拉巴羅傑說他們的門牌上原來寫著他父親的名字，父親死後的第二年西藏就民改了，於是他就將門牌取了下來，因為看見父親的名字他就要傷心，而那只破水罐可是他們弟兄的生命之水，當時拉巴羅傑的父親就用這只破

水罐接天上的雨水養活了他的幾個兒子。

　　我能理解這些早已當家作了主人的昔日「郎生」們，他們永遠都不會忘記那段苦難，似乎只有面對曾經的苦難才能使他們的翻身感更為強烈和真實，拉巴羅傑對我說，雖然民主改革已經四十年了，但喝慣了苦水的郎生面對早已苦變甜的生活卻依舊不怎麼習慣，甚至睡到半夜會醒來，因為當年郎生是不能睡一夜覺的，後半夜就得起來幹活了……

　　從沒聽說西藏郎生造反過，逆來順受吃盡苦難是郎生們的生活信念和生存法則，這信念和法打從在娘胎裡就奠定和造就了，所以當他們一投身人世便立刻開始為來世祈禱，挨餓、乞討、鞭打、死亡……這是他們心中的煉獄一生的歸宿，郎生活在苦難裡才自在。而讓我略

為吃驚的是，拉巴羅傑這位當了新西藏十二年村長的翻身農奴在與我再見時竟跟我說：「你信不信？如果帕拉·扎西旺久即使今天從國外回到帕拉莊園，我們這些過去的『郎生』依舊會朝他彎腰磕頭喊他『老爺』！」

　　如今的帕拉莊園早已人去屋空了，但在那通往經堂的木梯上，我彷彿還能聽見昔日主人的匆匆步履聲，同樣郎生院早已佈滿塵埃的土牆上，苦難的血跡和汗水好像依舊未乾……我就是在這樣的悲慘和無奈面前，領悟到了帕拉莊園的意義在於它再現，或者說濃縮了一段人們早已陌生甚至於根本就無從知曉的歷史；保留至今的郎生院、寫著那些郎生名字的門牌、以及與此有著強烈反差的帕拉莊園奴隸主的奢侈、殘酷，至少已成為西藏農奴制社會的最後記憶。

多情雍錯的
多情傳說

相傳一生顛沛流離的九世班禪喇嘛曾經流浪至多慶鎮，
並在鎮上為人灌頂時說過這樣的話：「人啊，都要像卓
姆拉日雪山腳下的雍措那麼有情，世世就順了。」

在豐田越野車裡昏昏欲睡了差不多四個小時後，那雙無精打采的眼睛突然被車窗外一片灩麗的湖光山色迷住了，原來這是一大片碧波蕩漾的湖水正在我眼前踴動著，佇立在湖邊的雪山雖然不時被天邊大塊的雲朵遮住了，但波光中時隱時現的雪峰的倒影卻讓眼前這個寂靜的湖面增添了不少的詩意，尤其是那一大片紅色的水草，竟如同一簇簇火苗在水中燃起燦爛的光芒，我知道這就是美麗而著名的多情雍錯，後藏著名的神湖……

於是，我趕緊讓司機停車，揣起相機便往湖邊跑，此時我看見風吹散了雲，湖邊的雪山倒映在湖水裡出落的如同美麗的仙女，而那紅色的水草則一下變成了彩色的緞帶繞著湖底的雪峰在緩緩的飄逸，瞬間的寂靜，能聽見黃羊走路聲的湖邊，耳畔滿是空靈，一陣輕風似乎攪醒了沉睡於湖心的雪峰，那如同哈達一般潔白的冰稜便開始在清澈的水中蕩漾。

這時雪峰在湖裡翩翩起舞而湖水的波紋和漣漪就似動人的音符在跳躍，忽然間隔著湖面我看見對岸山腳下有人磕著等身長頭，只見他們雙手合十高舉過

多慶鎮上的老喇嘛。

頭頂，十指間彷彿觸摸著太陽，然後整個身子隨著雙手向前舒展而匍匐臥行，這是我生平第一次如此近距離的親歷湖光、山色和人共擁在一起時的美妙瞬間，彷彿在雪頓節看甘丹寺從天而降的曬佛畫卷、彷彿在藏曆新年聽大昭寺喇嘛誦經的天籟之音……

從地質學上來考證，多情雍措是演化于雪山而成的高原湖泊，清澈如靜的湖水便由雪山冰消融匯而成，由於雪山、藍天和白雲在陽光的相互作用下會形成色澤變化，所以湖水在不同的時辰會呈現出各種不同的顏色。比如早晨是深藍色的而到了中午便因太陽折射而成淡藍色了，不過一到下午在同樣的光線下湖水又變成了綠色，而湖畔的卓姆拉日雪山是喜馬拉雅山脈的第七座山峰又稱「七仙女」，海拔7600米。卓姆拉日雪山時有冰川匯入湖中，十分壯觀。

而從宗教的意義上來說，多情雍措和卓姆拉日雪山作為神湖神山在藏地擁有顯赫歷史和不同凡響的地位。早在西元8世紀時，就有兩名名叫佛密和佛寂的格魯派大德高僧終年在卓姆拉日雪山中。因為他們走遍天下發現只有卓姆拉日雪山最為寧靜詳和，從此他們便發誓再也不去涉足喧鬧的塵世而專心于雪域中修行。

很多年以後，由於地殼作用，喜馬拉雅山冰川開始遊移導致卓姆拉日雪山的雪水漸漸融匯成了多情雍措，周圍的藏民們堅信這雪水凝聚了佛密和佛寂的智慧，由此匯成的多情雍措便是大德高僧的心靈和佛緣；從此「後藏」的卓姆拉日雪山和多情雍措，與「前藏」的岡仁布欽山和瑪旁雍措在宗教上擁有了同等神聖的地位；一千多年以來卓姆拉日雪山和多情雍措相繼受到了佛教、苯教、印度教和耆那教四種宗教的認可和推崇，特別是1641年格魯派一代高僧四世班禪羅桑·卻吉堅贊前往拜謁後，更有無數修士僧人開始絡繹不絕義無反顧的前往卓姆拉日雪山和多情雍措參悟修學，並在神山神湖間建起了多座寺院。

由於多情雍措位於亞東的多慶鎮，所以當年它並不叫多情雍措而是叫多慶雍措，之所以後來多慶變成多情，民間有兩種說法。一是說多慶鎮有個很古老的習俗，就是鎮裡的年輕人在談情說愛時必須到湖邊去占卜算卦，看看日後的嫁

娶能否成功。

　　多年以來便形成了一個很有趣的現象，凡是當年去湖邊卜卦的人日後生活的都很圓滿幸福，後來久而久之多慶鎮的年輕人便把給他們帶來幸福和愛情的多慶雍措叫成了多情雍措。還有一種說法便是因為卓姆拉日雪山被譽為喜馬拉雅山的第七個仙女，而與之相依為鄰的由雪水融匯而成的多慶湖則歷來有卓姆拉日雪山的情人之稱，相傳一生顛沛流離的九世班禪喇嘛曾經流浪至多慶鎮，並在鎮上為人灌頂時說過這樣的話：「人啊，都要像卓姆拉日雪山腳下的雍措那麼有情，世世就順了。」九世班禪喇嘛圓寂後，當地的藏人為紀念他便把多慶雍措改成了多情雍措。

　　即然到了多情雍措，那是一定要去多慶鎮看上一眼，更何況我從一位在湖邊磕長頭的老人嘴裡得知多慶鎮裡竟還有個小寺院，說是當年九世班禪喇嘛就在這個小寺院裡為人摸頂。多情雍措距多慶鎮有差不多5公里路，我們的車翻過湖邊一個山坡很快便到了。

　　多慶鎮就像是個建築工地，坑坑凹凹的路面積滿了塵土，一堆堆碎石塊堆砌的亂七八糟，使得本來就擁擠而狹小的路面更加的

雲層下便是卓姆拉日雪山。

坎坷起來，或許是因下午時分，路旁只有幾個小孩在玩，此時此刻大人們不是去寺院轉經燒香，便是回家睡午覺去了（藏人有睡午覺的習慣）。終於在一個角落裡找到了此行唯一的目的地小寺院，寺院門口擺著紅色的大轉經筒，果然如我所想，雖說此時是睡午覺的時間，但寺院裡卻熱鬧非凡。藏人們在排隊轉經，香火繚繞中是虔誠的跪拜磕頭的身影。

在西藏每次遇見轉經磕頭的人我都會感動起來，佩服他們內心的執著和希望……這種在藏地隨處可遇的精神物產卻是我們最缺的。迎面過來的一位大姐微閉雙眼口念真言推動著經筒在信念的道路上跋涉，而一位中年男人竟抱著個孩子走進寺廟，當我用相機對準男人的背影時，那孩子睜著眼睛好奇的看著外面的世界……男人說前面那個轉經的是他老婆，馬上他和老婆要外出打工，但不想斷了香火，於是便將三歲的兒子送到寺廟裡來。男人說以後他們老了死了，便讓他身上的這個孩子來超度他。

是啊，很多年後這個孩子的那身袈裟以及袈裟裡的那顆佛心，便是他父母親的最後的歸宿……

沒有人跟我提起當年九世班禪在這個寺廟裡誦經摸頂的往事，但是寺廟裡的確擺著一張九世班禪的圖片。廟裡的喇嘛說，多情雍措就是因為班禪喇嘛的到來而才有了顯靈的神光。

喇嘛說的其實是很久以前的一件事，當年亞東的一位活佛圓寂了，而在他生前他曾說過他的轉世一定要在多情雍措裡顯靈。於是尋訪人馬便圍在多情雍措旁晝夜不停的誦經，一共誦了七七四十九天，然後由兩位大德高僧盯著清澈的湖水看，看看轉世靈童顯靈沒有。兩位大德高僧看了一天后，分別將看到的景象用筆畫出來，令人驚奇的是兩人畫的竟是一樣的圖案，都畫了青海玉樹有個村子，村子裡唯一的一棵棗樹下住著人家，這人家的孩子便是轉世靈童，於是尋訪人馬便赴去玉村，果真尋到了那位活佛的轉世。

在藏人心中多情雍措的宗教意義遠遠的重於自然風情，即使是卓姆拉日雪峰，在他們心中亦是一尊佛……而在我漸漸遠離多情雍措時，回望蔚藍色的湖水上泛著金色的光澤，就如同有數不清的酥油燈盞在我眼前晃動。

多慶鎮的小寺院。

帕里的夜晚響起

大吉嶺，在非常久遠的蠻荒年代，這些遷徙者的祖先們在釋迦牟尼的菩提樹下許願，
定將生死與共宏揚佛法，千百年以後他們的子孫後代便恪守著祖先的宏願，在佛法之
路上一往無前。

　　差不多一百年前的1909年秋天，美國探險家梅爾在帕里通往亞東的路上看到令他
終生都難忘而且「很有可能改變我生命軌跡」的景象：「整條山路上從早到晚全是匍
匐前行的人，他們高舉合十的雙手拜天拜地……然後整個身子跟著雙手的滑行而匍匐
在地……藏人說這是磕等身長頭，完成這一使命並抵達他們心中的聖地，通常需要幾
年、十幾年甚至幾十年。當他們用身體丈量著土地時，留給大地的是斑斑血跡甚至生
命……」

　　本來這年冬天梅爾就要回國了，因為他對帕里高原的考察已經結束，但是在帕里目
睹的這一切令他感慨萬千，他決定要長期的活在這片土地上，而當梅爾做出這一決定
後，充滿著新聞敏銳度的美國《紐約時報》立刻撰文寫了梅爾的專訪，專訪的焦點落
在了那個「活」字上，「梅爾從開始在中國生活，到如今想活在中國」。

　　1909年以後，梅爾在中國已不再是考察而是浪跡天涯，他曾歷時一年半沿著古老的
雅魯藏布江河床，從日喀則徒步至亞東的東嘎寺，當時沿途有許多藏人都看見了這個
外國人像虔誠的佛教徒一樣，在崎嶇的河床和坎坷的山路上一路前行一路磕著標準的

等身長頭。

　1916年冬天，梅爾因積勞成疾在長江源頭沱沱河落水身亡，實現了他永遠的「活」在中國的願望。梅爾的死訊直到第二年春天才傳到帕里和亞東，據說帕里鎮上所有見過梅爾的藏民都點燃起香火真誠的為他祈福，而亞東東嘎寺裡所有的喇嘛更是用一整天為梅爾誦經超度。

　我試著問一位從我身旁磕頭路過的藏人，來自哪裡又去向何方？

　藏人口念六字真言先向我叩拜，我趕忙雙手合十回拜，藏人說他們是從藏北的當雄出來的，在路上已有三年半了。他們全家五口人一起出來的，父母親用了兩年一路磕頭到大昭寺，而他們三個孩子則要繼續跋涉前往亞東，我聽了真是吃驚不小，以往只是聽說或是在書中看過虔誠的藏人為了苦修來世而磕著長頭艱辛跋涉，沒想到在現實生活中，竟讓我遇見了這麼多的潛心修持苦盡甘來的藏人。

　在匍匐而行的人群中，我發現了一個孩子。看樣子他還不到十歲，但那舉手合十磕頭跪拜的模樣卻老練有加。那位當雄出來的藏人告訴我，這孩子五歲就跟著他媽從四川阿壩出來了，迄今為止已在路上走了四年多了。去年冬天他們在江孜時，小孩的媽突然生傷寒而昏迷不醒，最後終因大雪封山出不去而不治身亡，他媽臨終前曾告訴兒子，讓他跟著當雄人走完這段路程，只要堅持到了亞東的東嘎寺就能見到佛祖了……當雄人說這小孩特別懂事，好幾次在路上昏倒，但只稍事休息便又繼續磕頭，小小年紀已經知道來生來

事佛祖一定會賜福於他們……孩子每天晚上就會問當雄人到了東嘎寺後，佛祖會不會把媽媽還給他？

　我把這個小孩拉到身邊並給了他一些巧克力，但他的兩句話卻讓我禁不住流下了眼淚……

　他問：「這是什麼東西呀？」

　我說這是糖很好吃的。

　他又問：「什麼叫糖啊？」

海拔4000米的帕里被譽為世界上海拔最高的小鎮。

我用手指了指嘴並用嘴咀嚼了幾下。

這回他明白了，但又問：「這東西我能給佛吃嗎？」

我使勁點頭，眼角早已濕了。

我竟也融匯到了這些徒步的藏人中間，跟在那個孩子身後看著他弱小的身子在滿是沙石的路面上匍匐翻滾，我真想一把抱起他用車今晚就把他送到東嘎寺，讓他把巧克力供奉給佛然後問佛他的媽在哪裡？然後，就燃柱香磕一百個頭，然後我再把他抱回拉薩或者抱回上海，讓他念書？

孩子的身體在沙石地上自在的如同像個舞蹈演員，尤其是當那雙戴著護靴板的雙手，一次次滑向大地時所發出的那刷刷的聲響，就如同瓦格納每首樂曲最後的那幾節回音美的足以震撼人心……這是一個藏族孩子與生俱來情不自禁的信念的使然，他不會因為童年的艱苦跋涉而感到苦難，他也不會因為媽媽的離去而感到悲傷，他更不會因為前途漫漫、隨時隨地會突遇險境而感到膽怯……

我的車子載得了他弱小的身體，卻載不走他純粹的心靈……巧克力、拉薩、上海及念書受教育，這些我們一廂情願的市俗感情和物質布施，根本就俘擄不了一個生長在以虔誠為理想，以懺悔為恩德，以苦難普度今生，以極樂召示來世的家庭裡的孩子的心……

太陽落了下去月亮漸漸的升起來，剛才還是金黃色的帕里高原，開始被銀白的夜色裹著而凸顯出了夜晚高原的寂寥和肅穆……而耳旁那一聲聲的「扎西德勒」就彷彿是喇嘛們由心而致的法號聲和誦經聲，聲聲扣動我心深處，在海拔4600米的帕里小鎮的這個夜晚，沒有香火、沒有寺廟、沒有誦經、沒有酥油燈……就在藏人的眼神裡、就在藏人的手掌心、就在藏人的步履中，不經意的我竟參悟著「輪迴」的真理……現世的沮喪不怕甚至根本就難不倒這片土地上堅強的生命，他們用與生俱來的善心，善待著所有的人，他們知道這便是來世的希望……

多年前的那個夜晚，美國人梅爾也是在去亞東的途中在帕里停留了下來，他深深的被帕里高原上「飄浮著晚霞的橙色天空和藏人暗紅色的臉還有他們執著堅定的信仰而感動……」

幸運的是時光並沒有割裂帕里高原最早呈現於人們面前的這幅良辰美景，無論是菩提樹下的釋迦牟尼、還是探險家梅爾、或者是我，面對今夜月光下的帕里到亞東路途上藏人堅忍不拔，勇往直前的身影，雖然佛祖已過千年歲月，梅爾獻身也已百年，但我們感受到的卻是一樣的亙古不變的信念和精神。

站在中印邊境上的印度軍官。

東嘎寺裡的
歲月悲情

東嘎寺到乃堆拉是當年達賴逃生之路，如今卻成了旅遊路線，
在亞東縣城到處可見招攬「東嘎寺去乃堆拉一日遊」的小麵包
車，我自然也免不了俗，更何況我對那段歷史又是那麼的熟
悉，無論怎樣也應該「步達賴後塵」去趟乃堆拉。

就因為有個東嘎寺，亞東這個沒有多少人知道的邊
境小鎮竟載入了歷史……

1951年7月5日，在這個不大的僅有11位僧人的寺廟
裡，十四世達賴喇嘛收到了毛澤東給他的親筆信以及由
西藏地方政府的代表阿沛‧阿旺晉美在北京與共產黨代
表簽定的關於西藏和平解放的「十七條協定」副本。

印度軍人在乃堆拉口岸施工。

而在這之前，張國華的第18軍在擊潰藏軍把守的昌都地區後，基本上已打通了通往拉薩的路途，這時的西藏地方政府開始作兩手準備，一方面派昌都戰役的藏軍總司令阿沛·阿旺晉美領旨前往北京和談，另一方面十四世達賴喇嘛則退至亞東隨時準備撤往印度。

達賴喇嘛在東嘎寺呆了八個月後，中共代表張經武將軍繞道印度抵達東嘎寺，從此這個小寺院開始被世界關注，而一段歷史也就相繼誕生了。這是十四世達賴喇嘛第一次跟共產黨的代表談判，當他看到毛澤東給他的親筆信以及那個由阿沛·阿旺晉美代表他簽字的關於西藏和平解放的「十七條協定」副本時，這個當年才十幾歲的孩子竟滿含熱淚……因為他知道充滿苦難的雪域之地終於得以倖免於解放軍的炮火，1951年12月，十四世達賴喇嘛和張國華的18軍先頭部隊幾乎同時抵達拉薩。

這一年亞東的東嘎寺成了西藏的代名詞，世界上所有報導西藏的新聞都會提到東嘎寺、張經武和十四世達賴喇嘛。關於這段歷史的電影也相繼開拍，於是東嘎寺又成了拍攝現場。比如1953年出品的美國電影《雪山另一邊》的主要場景便是在東嘎寺裡取景拍攝的。

沒想到的是八年以後，東嘎寺竟再次成為了十四世達賴喇嘛的避難所，1959年拉薩發生叛亂，十四世達賴喇嘛被幾位原西藏地方政府官員挾往印度，他們在東嘎寺裡過了一夜，第二天便沿年楚河西行，翻越乃堆拉山口逃往印度……

從此十四世達賴喇嘛再也沒有回到他的雪域故鄉，而東嘎寺便成了十四世達賴喇嘛在故鄉待的最後的地方，在東嘎寺裡至今保留著毛澤東當年寫給十四世達賴喇嘛的親筆信，在寺院邊上刻著一塊石碑，上面記敘著1951年十四世達賴喇嘛和張經武會面的歷史事件。

在香火瀰漫的東嘎寺的大殿裡，面對著早已物是人非

乃堆拉山口中方一則中國軍人的掩體和哨所。

的歷史場景。和平的相處竟引來的是戰火，敵對雙方曾經共敬於一尊菩薩之前的這座寺院竟阻止不了人的殺劫，最後在這片人類最聖潔的土地上，竟演繹出一段生死悲情。

1959年9月7日，當十四世達賴喇嘛和他的隨從從東嘎寺出來並爬上乃堆拉山口時，解放軍第18軍的咀擊手離十四世達賴喇嘛近在咫尺，但他接到了命令，毛澤東決定放十四世達賴喇嘛去印度。

差不多四十年後，我在亞東見到了當年的那位咀擊手，這位後來在1962年中印邊境戰役中受傷的排長，依舊記得當年十四世達賴喇嘛從他眼前過去時的情景：「有人背著他往山上跑，在距他身後不遠的地方，有幾個提著機關槍的藏兵在做掩護，當時，接到中央放走十四世達賴喇嘛的命令後，部隊首長便請示中央，放走達賴喇嘛那麼他的隨從尤其是擔任保衛的藏軍怎麼處理，命令同樣是個放字。據說中央考慮的很周到，生怕十四世達賴喇嘛到印度後遭遇麻煩，便決定讓他帶走一些武裝。所以那天幾個藏軍幾乎就是從我們戰士的槍口前走過

的……」

幾十年前的逃生之路，如今卻成了開發旅遊的厚重資本，在亞東縣城到處可見招攬「東嘎寺去乃堆拉一日遊」的小麵包車，我自然也免不了俗，更何況我對那段歷史又是那麼的熟悉，無論怎樣也應該「步達賴後塵」去趟乃堆拉。乃堆拉是句藏語，漢語的意思是「風雪最大的地方」。

在西藏歷史上，最大的雪災真的就是發生在乃堆垃。1931年11月喜馬拉雅山餘脈發生局部地殼撕裂，海拔5000米以下的冰川全都裂開了一道口子，埋在山脈中的千年岩漿如原子彈爆炸一樣山崩地裂，近百年的冰川瞬間融化成雪水順著乃堆拉山口激流而下，山口底下上千個房屋幾萬頭牛羊、還有至少五百多個藏民在瞬間便被風雪掩埋……

當風暴和冰川砸下來時，有許多虔誠的佛教徒正迎著風雪磕長頭祈求老天保佑，但他們中的許多人卻在匍匐於地後便再也沒有起來；狂風扯著雨雪如狼嚎如鬼哭哀鳴呼嘯整個星期，當太陽升起時，方圓一百多公里的山間溝壑除白茫

當年中國邊防軍守衛在中印邊境。

茫的冰雪什麼都沒有，所有被風雪捲走的生命遺骸和廢墟全都被風雪埋葬。

當時因與十三世達賴喇嘛失和，而被趕離家鄉日喀則的九世班禪喇嘛正在青海玉樹講經，聞知乃堆拉大雪災竟失聲痛哭……當天他便在玉樹超度死難的藏民並委託日喀則扎什倫布寺的喇嘛跟他一同超度。

不過讓當地藏民最銘記於心的卻是1962年的那次雪災。

1962年中印間爆發了著名的邊境戰爭，戰爭的第一槍便響在乃堆拉山口。但是就在中國邊防軍數次擊潰來犯的印軍時，乃堆拉山口的冰川熔岩再次噴射出來，毫無防備的中國邊防軍某連被厚厚冰雪包圍，當時只要撤出陣地便能得救，但他們有重任在肩，要出其不意的狙擊並消滅即將來犯的印度軍隊。

於是一個連的中國邊防軍冒著嚴寒和冰雪在乃堆拉山口七個陣地英勇的狙擊了敵人整整三天，消滅了兩個團的印軍。然而當上級撤出陣地的命令下達時，前陣地上卻已沒有一個人能接聽電話了。除了陣亡的士兵以外，所有活著的戰士全被冰雪凍住而犧牲了……當後續部隊打掃戰場時，發現被冰雪裹住的戰士們形態各異，有的正舉著槍，有的剛投出手雷的手還懸在空中，有的正在本子上寫下最後的誓言……

中印之戰三十年後，有位叫才旺的藏族退休老師在亞東對媒體記者披露了當年的一個密秘。他說1962年中印戰爭爆發後，正流亡印度的他奉命率一個營的藏軍企圖與印軍一同夾擊乃堆拉的中國邊防軍，那天晚上當他們準備進攻時，卻發現陣地裡的中國邊防軍一個個都被冰雪凍住了。但即使如此，這些邊防軍依舊在頑強的從冰雪中掙脫出來向敵人舉槍射擊……

才旺說看到這樣的場面，他和他的藏軍竟都被感動了，他們沒想到世界上會有這樣堅強的人。於是他們沒有向邊防軍開一槍便撤回了印度。為此才旺丟掉了藏軍山鷹團團長的職位，1990年才旺結束了流亡生涯返回故鄉亞東當了一名小學老師。

2006年9月，被關閉了44年的中印乃堆拉口岸重新開放了，來自兩國的各種物質再次匯集於此，雙方的邊民又開始了民間的交往……但是那些依舊露著槍眼的地堡和越拉越緊的一道道鐵絲網卻讓人難忘曾經的悲情歲月。

我站在乃堆垃山口，望著山腳下通往新德里的那條路，忽然間又想起了十四世達賴喇嘛。去國迄今已快五十年，從少年到白頭，從東嘎寺到乃堆拉，十九歲的流亡難道真的就是一條不歸路了嗎？

去扎什倫布寺心靈避難

我不想走馬觀花，因為扎寺就跟拉薩的布達拉宮和大昭寺一樣，一磚一瓦都是值得仔細回味和揣摩。如果說布達拉宮像法國的凡爾賽宮，那麼扎寺更像是北京的故宮。大殿固然偉大和恢宏，但圍繞於這些宮殿樓閣的小路迴廊、湖光山色則似乎更有味道。

在十年前的一個陽光明媚的秋日午後，我開始了扎什倫布寺的遊歷。後來每次去西藏，我都會專程去日喀則然後用一整天的時間泡在扎寺。有時因為時間不夠不允許我再專程去日喀則，我便會放棄其他從沒去過的地方而寧可鑽進已經去過不止一次的扎寺，再次面對十世班禪大師的法體，傾聽永遠也聽不夠的大師心靈的顫動，然後便蹲在強巴佛的柴門旁邊看喇嘛在太陽下辯經，或者跟在喇嘛後面看喇嘛餵狗……

生平第一次去扎什倫布寺，是十年前要離開日喀則的那天。在這之前雖然在日喀則已呆了好幾天，但始終沒敢跨進扎寺的門檻。我曾好幾次途經扎寺甚至有一回已經陪朋友來到了轉經長廊，但最終還是沒有進去……我不想走馬觀花，因為扎寺就跟拉薩的布達拉宮和大昭寺一樣，那一磚一瓦都是值得仔細回味和揣摩的。如果說布達拉宮像法國的凡爾賽宮，那麼扎寺更像是北京的故宮。那些大殿固然偉大和恢宏，但圍繞於這些宮殿樓閣的小路迴廊，以及湖光山色則似乎更有味道，所以我一直等到我就要離開日喀則的前一天。當我確定這天已經沒有任何其他事情會前來打擾

我時，才決定將自己全身心交給扎什倫布寺，這個充滿了十世班禪大師和歷代確吉堅贊智慧恩德的寺院。

其實，與其說扎什倫布寺是個著名的寺院，還不如就說它是座小城或者小鎮來的更確切些。因為在日喀則的任何一個角度看位於尼色日山巔的扎什倫布寺，所有的人都會感覺它不像寺院而根本就是一座宏偉的山城。

而據史料記載，一世達賴喇嘛根敦珠

巴當年的設想就是想建一座山城，因為根敦珠巴曾說過，當年松贊干布和文成公主都有心要在尼色日山巔建一座跟拉薩一樣的城鎮。後來因為松贊干布和文成公主把主要精力都放在了漢藏和親以及兩地貿易交往上而忽略了對後藏的關注。但松贊干布曾留下話來，要在日喀則建座城……

所以1447年藏曆10月，當一世達賴喇嘛根敦珠巴主持興建這座著名的寺院時，他是有心把它作為一座山城來建的。以後的幾世達賴和班禪亦不斷的為此加持，便有了今日的輝煌，只是因為到了四世班禪時，扎寺已成了香火不滅的朝拜之地。

雖然說扎寺是一世達賴喇嘛開始興建的，但最終它成了班禪的駐錫地。所以遊歷扎寺便是尋訪班禪的儀軌，尤其是1993年建成的供奉著十世班禪大師真身法體的釋頌南捷大殿，那是一定要恭恭敬敬的前去朝拜的。

所謂釋頌南捷是句禪語，「釋頌」意為三界，即大藏經裡的天界、人間和地下，「南捷」則為尊勝，亦為大藏經裡無往不勝的意思。1989年1月28日，十世班禪大師在日喀則德虔格桑頗章圓

扎什倫布寺的轉經筒已有七百年的歷史了。

扎什倫布寺的喇嘛在念經。

寂。四年後的1993年8月，總建築面積1733平方米，用掉黃金600多公斤、白銀300多公斤以及各種寶石10000多顆，共計耗資6400多萬元人民幣的金箔靈塔釋頌南捷大殿在當年六世班禪靈塔祈殿的遺址上建成開光。

站在十世班禪的靈塔前，仰望著大師炯炯有神的目光，我好像總會有一種在接受大師恩德體恤的感覺，彷彿大師的那雙智慧的手正按住我人的頭頂在為我祈禱，雖說我已來過許多次，但每一次站在靈塔前，我都會激動不已……尤其是這些年裡我經常會在夜裡仰望星空，我認定那最亮的星辰便是大師的慧眼和他那顆佛心。

聽扎寺的喇嘛說，十世班禪圓寂前，他連續三天從早到晚為至少五萬名他的信徒摸頂，到後來大師的手都已抬不起來了，而他的心臟也開始了不規律的跳動……大師完全知道等待他的將是什麼樣的後果，但看到還有這麼多他的藏民們在他面前昂首以待，他便堅持一定要為他們摸頂，這時他作出了一個在事後以及他身邊的工作人員看來是個致命的決定，但對於大師來說絕對是他冥冥之中所作的一次對佛祖的輪迴承諾。原定第二天他就要回北京了，但他決定讓北

京暫時不要派飛機來接他，他說他在日喀則還有許多事情沒有辦完。而他沒辦完的事便是又為兩千多位藏民摸頂。

這天下午日喀則突然狂風大作，樹木被連根拔去，停在馬路上的車子竟也被掀翻，據氣象部門測定這是日喀則近兩百年來颳起的最大的風暴。狂風乍起時，日喀則所有寺院裡的僧人全都在誦經祈禱，此刻，原本應該已回到北京的十世班禪大師卻在德虔格桑頗章裡昏沉沉的倒在了他的臥榻旁。

消息傳到扎什倫布寺時，當時的主持恰扎·強巴赤列活佛大驚，因為他前兩天陪同大師為扎寺五世至九世班禪合葬靈塔班禪東陵扎什南捷開光時，大師指著班禪東陵扎什南捷邊上的一片空地親口對他說：「以後我的靈塔就建在這

裡。」

　大師圓寂四年後，他的願望得以實現，大師永遠的附會在了當年他指認的那片空地上，而不久竟生出黑髮來，有道是法體永存靈魂不盡啊！

　歷史上，從五世班禪一直到九世班禪，幾乎都是在顛沛流離中度過自己的一生。雖然扎什倫布寺是他們永遠的駐錫地，但因種種原因他們卻有家難回，

於是他們只好邊流浪邊宏法，每一世班禪都祈望自己的轉世能夠實現回家的願望……真是宏法大德佛祖有心，雖然他們浪跡在外但最終全都圓寂於自己的駐錫地。

　尤其是九世班禪，一生苦難浪跡終生，最後眼看就要倒在路上，卻硬是睜著眼睛難咽一口氣回到了扎什倫布寺，一天後便圓寂。

他的轉世十世班禪命運依舊坎坷，1959年西藏解放後便經常往來於北京日喀則，到了文革大師飽受苦難最後受到周恩來保護而久居北京，但大師的命運最後再次遵從了佛的旨意，最終竟還是圓寂在自己的故里。

扎寺有兩樣東西吸引了我，對它情有獨鍾留戀忘返。一個便是釋頌南捷大殿，另一個是扎寺獨特的彎彎曲曲的小路。

所以我每次去扎寺，除了拜見十世班禪大師的法體外，最願意遊歷的地方便是扎寺的那些躺著小狗、長著花草、被陽光映照的斑駁如畫一般的角角落落，我時時會在拐角處遇見一個或兩個僧人，他們會蹲在寺院門口茫然的看著陽光從這邊的牆根慢慢的移到另一個門楣，或者癡癡的站在小路的中央，望著輕風中飄呼著的經幡……我還在扎寺的大榕樹下看到年輕的僧人們在辯經間隙三三兩兩每的打鬧起來有時還會突然一路狂奔相互追逐，隨之而來的笑聲竟也是開懷朗朗甚至放肆，每當遇到這情景便會讓我想起馬克·呂布以及布勒松的那些經典黑白照片而情不自禁的拿起相機對著眼前的這些僧人便是一陣搶拍。

雖然每個寺院裡都會有僧人，但並不是每個寺院裡都會有如扎寺這樣充滿了溫馨洋溢著情趣的角落，所以這便是

在扎寺能經常看到不同的僧人，除了尊規守戒以外，他們還不時會有如凡人般喜形於色的另一面的緣故，那些年輕的僧人，雖然最終選擇入了佛門，但在他們還沒有完全擁有一顆清淨心、還沒有徹底除滅掉世俗凡人的好惡、甚至有時內心裡還會激盪起紅塵漣漪而存有衝動和煩燥時，扎寺的角落便成了他們心靈的避難所，陽光裡的花草、屋簷下的經幡以及腳踏的石子路面、和背靠的殿堂高牆，還有被香火薰了幾百年的滿目印痕……扎寺的僧人就是在這樣的心靈磨礪中漸漸成為一代高僧的。

定日人堅毅的精神

美國作家阿吉茲的那本《藏邊人家》使我對定日產生了極大的興趣……
書中對三代定日人的宗教、生存以及思想的探討和描述，讓我看到了
這個位於喜馬拉雅山腳下，卻又不同於西藏任何地方的小鎮的一段心靈
史。

在很久以前，定日其實是一個極為蠻荒和寂寥、甚至連名字都沒有的山坳，唯一可以追訴的歷史，便是在遙遠的三百年前，由於喜馬拉雅山的地殼運動，這個山坳有過一次火山噴射出來的熔岩侵蝕的慘烈過程，說它慘烈是因為那次熔岩造成的後果直到今天都沒有消除，迄今為止定日這個地方依舊有至少一半的土地種不出糧食、長不出青稞，使得定日多少年來始終是中國最貧困的縣之一。

這個沒有名字的山坳，直到19世紀的60年代才開始真正有了人煙。從1860年開始，由於西藏許多地方尤其是藏北遭遇了百年未見的雪災和饑荒，大批藏民尤其是那些遊牧人，便開始了大規模的遷徙，其中有許多人便前往喜馬拉雅山脈駐紮，有的則翻越山脈前往尼泊爾，眼看著大量藏人翻山越嶺前往尼泊爾，尼泊爾的夏爾巴人以及廓爾喀人便也開始坐不住了，他們不能容忍藏人就這麼進駐到他們的領土，便開始出兵到西藏打仗。

後來被史學家稱之為「喜馬拉雅戰爭」便在這時爆發了。戰爭進行了兩年，雙方死傷無數，卻依舊沒有阻止藏人前往尼泊爾，就是在喜馬拉雅戰爭期間，後來著名的一直到今天依舊被許多歷史學家、記者和攝影師不斷在造訪的尼泊爾昆布定日人居住區建立起來了。

戰爭自然而然的停止了，有趣的是尼泊爾的那些夏爾巴士兵和廓爾喀士兵發現了喜馬拉雅山脈有一種叫「芝葉」的高寒植物，竟似鴉片一樣能讓人上癮，於是這些士兵便做起了發財夢。但要想發財人得留下來呀，於是他們決定在這片山坳裡定居下來並不斷的跟那些遊牧的藏人通婚成家……很多年後他們和那些生活在尼泊爾昆布地區的藏人便被歷史學家稱為最早的定日人。

當第一個夏爾巴人和第一個藏人結婚那天，人們稱是夏爾巴人和廓爾喀人正式定居在這個山坳裡的日子，為了紀念這天，那對新人便將這個喜馬拉雅山腳下的無名山坳稱為定日。

去定日途中必經的崗巴拉神山。

就在這些定日人夢想靠著「芝葉」發財時，一場雪崩將這片史前僅存的高寒植物連根凍死，從此「窮定日」的名聲便一直傳到今天。其間為了生存定日人和外族人彼此又發生過多起爭鬥，最嚴重時差點再次爆發喜馬拉雅戰爭，直到1899年，一個名叫阿旺旦僧羅布的活佛來到了定日，並創建了世界上海拔最高的寺院著名的絨布寺，定日開始有了香火。

香火漸漸的驅散了仇恨、掠奪和廝殺，香火讓一切貧窮變得心甘情願和自得其樂。尤其是絨布寺屬於藏傳佛教裡的寧瑪僧尼混合寺院，而寧瑪派在尼泊爾很有影響，所以絨布寺建成後，許多尼泊爾的僧尼們紛紛來此出家，直到今天絨布寺裡依然有許多尼泊爾僧尼，而每年藏曆4月15日的跳神儀式更是成了成千上百尼泊爾僧尼的節日。

我曾在喜馬拉雅山脈的一個山谷中，看到一個定日女人和她的幾個孩子，在狂風捲起的沙塵和砂礫中趕著一群羊在艱難前行，車了駛近了這位女人，我讓藏族駕駛員問她要去哪裡，是否需要將她三個小孩放到車子上送他們過去？定日女人擺擺手說不用了，風越來越大，還夾雜著一絲冰渣，就這樣定日女人和她的孩子至少趕著有一百多隻羊在我的眼前緩緩移動著……

眼前的定日女人和羊群讓我想起了很久以前在西藏流傳很廣的一個故事……有個旅行者在茫茫的西藏阿里荒原行走了足足一個月，卻依舊沒有走出來，正在危難之際有輛車駛過他跟前，問他需不需要幫忙或者帶他一段路。旅行者心想我已走了一個月，剩下的路不多了，何必搭車而毀了英名呢？於是他拒絕了好心人的幫忙繼續前行，而那輛車卻是一溜煙的從他面前駛過，一會兒便消失在他眼前……不知何故，自從那輛車一溜煙從他跟前駛過後，旅行者似乎再也沒有勇氣和耐力往前走了。汽車的到來竟毀掉了他的意志力，他終於躺倒了下來再也沒有站起來。

崗巴拉神山邊的羊措雍神湖。

於是我讓駕駛員把車停下，直到看不見她們的影子了，我們再走。藏族駕駛員也知道這個故事，他停下車點了支煙對我說：「你即使開架飛機來，她一樣走她的路。定日人或者說我們藏人跟那個旅行者不一樣，他徒有虛名，所以他的精神和意志力在誘惑面前會崩潰，而對於定日人來說，遊牧便是他們的生活……」

當晚我們趕到一個兵站休息，這是當時定日唯一的兵站，它距珠峰大本營有大約兩公里路程，距絨布寺則較近才不到一公里。早晨醒來跑到外面一眼便能看到被朝霞染紅的雄偉珠峰的一角，就如同色塊噴射在天邊，像一抹濃濃的水彩畫。

忽然我看見遠處有羊群漸漸的朝兵站方向走來，捲捲毛羊毛上是一片金燦燦的霞光，而在這霞光裡還有人在晃動，我看出來了，向兵站走來的就是昨天在路上遇見的定日女人和她的孩子及羊群。她和她的孩子們從昨天到今天竟一路前行沒有休息，否則她們又怎麼能這麼快趕到這裡呢？當我晚上躺下睡覺時，她們依然在明晃晃的星月下和刺骨的寒風中匆匆趕路，累了最多讓幾個孩子每人抱一隻羊取暖……

定日女人也看到了我，或許是昨天我

們已見過一面，少了些許陌生感，她竟主動上前跟我打招呼：「姑索德波！」（你好），我連忙回答說：「扎西德勒！」（吉祥如意）。正在這時，我的司機出來叫我吃早飯了，於是我便請定日女人和她的孩子跟我一起吃早飯，誰知她卻不肯。她跟我的藏族司機說，不要特意為她們準備，她們身上帶著乾糧，當然如果我們吃剩下的給她一點就行了。我說這不可以，更何況她還拖帶著幾個孩子呢。我便讓兵站的廚師再下

定日女人美麗的頭飾。

幾碗麵、幾個白水蛋，並且囑咐藏族駕駛員陪他的老鄉一起去吃早飯。

兵站的一位剛下崗的士兵拿出一些飼料在餵著定日女人的百拾來隻羊群，看樣子他們彼此之間都很熟悉。我湊過去問這個正在餵羊的小兵，這女人經常來這嗎？士兵說她每個星期都會帶著孩子趕著羊群前往絨布寺燒香，有時我們兵站的車會在路上碰到她，便要順便帶她來，可她怎麼也不答應，硬是要自己徒步走，士兵最後說，這女人真是怪！

不一會兒，定日女人和她的孩子從兵站出來了，見了我連聲說：「吐吉其、吐吉其！」（謝謝）。我讓駕駛員催她們趁現在天好沒什麼風沙趕緊走，因為到絨布寺還有一段路呢。

定日女人走了，我們也準備上路了。上了車駕駛員告訴我，這定日女人名叫才旦卓嘎，是三個孩子的母親。因為早先嫁了個藏北的康巴丈夫，所以便一直住在藏北草原上。丈夫以看林護林為生，才旦則在草原上放牧，前幾年他們聽說才旦老家的荒原裡有一種珍稀動物的皮，特別受尼泊爾人歡迎，很多尼泊爾人翻山越嶺過來捕殺這種動物。才旦的丈夫便辭去了藏北草原看林人的工作，舉家趕著羊群回到了定日。

當然他們不是為了打獵而來，而是過來保護這種動物，阻止有人來捕殺，每天一大早才旦的丈夫便來到荒原，像當年在藏北護林一樣警惕監視著陌生人。有許多次他看見尼泊爾人悄悄的接近動物時，他便朝天空放槍，聽到槍聲動物便迅速跑掉了，還有的時候他乾脆上前堵住尼泊爾人的去路，告訴他們這是珍稀動物不能捕殺，才旦的丈夫憑著一個人的力量盡可能的保護了珍稀動物不被捕殺，但他自己卻成了被人追殺的物件。1994年11月5日，當才旦的丈夫再次朝天鳴槍警示動物時，尼泊爾人的一顆罪惡的子彈射進了這位不圖任何回報隻身保護動物，甚至連動物的名字都不知道的康巴人的胸膛……

丈夫死後，才旦帶著孩子和羊群搬進了荒原邊的一個小村子，每個星期她便和三個孩子一起趕著羊群穿過荒原去到絨布寺點香叩拜，不是超度她的丈夫而是超度那些被捕殺的動物，並替在天堂的丈夫為在荒原裡的動物祈禱，祈禱它們平安。

喜馬拉雅山
永遠的永恆

傲視群雄是勇敢，而生命殞落則是無畏，所有為喜瑪拉雅而生的勇士，無論是在茫茫雪線向著珠峰前行的身軀，還是在生死間笑傲生命的精神，都是嚮往這8800山峰的脊梁，就像是那片片刻著經言的瑪尼石，無論疊起還是轟塌，都是永遠的永恆。

當我第一次站在喜馬拉雅山巔時，我感覺我好像是在夢中，雖然我並不是像許多人那樣，凌晨便站在山巔等著看日出，而睡眼依舊惺忪甚至有人會趁著旭日還沒染紅天邊抓緊時間再瞇一會兒，卻不知這回魂覺其實最容易導夢，而且這時的夢都是人們的心思所想，比如你想著看珠峰日出，只要你一閉眼馬上作夢，這夢定會美的不得了，不是一輪紅日磅礡而出就是霞光萬道盡染群山……這夢美的讓你不想醒。但真的等到夢醒時分太陽卻早已升騰了起來，睜開雙眼那有什麼紅日？滿眼的刺目炫光晃得你甚至連珠峰的影子都看不清……

我第一次去喜馬拉雅山竟沒選擇清晨時分，倒不是怕起早像別人那樣再睡個回魂覺而誤了日出……其實那天早上我一覺醒來太陽早已升上了天。或許我看到過太多珠峰日出的圖片，總覺的再拍似乎新意不夠。反而覺得如果下午上山天氣

喜馬拉雅山谷地。

好還能碰上夕陽落日，無論是人的感覺還是拍出的片子效果都會是不錯的。後來事實證明這絕對是對的，我一共去過五次珠峰，有三次是清晨等日出，兩次是下午上去的，結果拍出的片子下午的絕對勝過清晨的。

下午時分，彷彿連路都跟這午後一樣是懶洋洋的，我的越野車緩緩的繞著山路往上爬。藏族駕駛員江村跟著我幾天，基本已摸出我對風光欣賞的規律了，凡是他替我停車讓我拍片子的景致基本都令我滿意。其中有一片低窪的山谷，一般人絕對會視而不見，即使我到了跟前也沒什麼感覺，但他已停車便下來看看，但依舊感覺不出這個山谷有什麼獨特之處。這時駕駛員帶我轉了個山坡，當我再往山谷著時我差點叫起來，真是太美了，轉了個角度我看到了滿是黃土的山谷中竟生長著綠色的葉子以及幾戶人家，視覺所至竟如油畫……回到車上我問江村怎麼會有這種好感覺的，江村笑笑說：「我看你一路就喜歡這種野性又有點情趣的風景。」

等我們爬上喜馬拉雅山巔時，已是下午三點多鐘了，整個山巔上只有我和江村兩人，於是我對著群峰放聲高吼起來，滿眼的群峰以及如地熱般升騰起的雲卷讓我體會到了坐看雲起的愜意和

豪邁。起伏的山巒翻滾的白雲山是艦船雲、是波濤，整個喜馬拉雅山脈簡直就變幻成了洶湧湍急的大海滾滾奔流，當我置身於眼前這種超現實主義的景象之中，忽然想起了這麼多年裡那些將生命託付於這些山巒的勇士們。

至少我們要記住一位叫萊‧梅斯納的義大利人，1980年8月20日，這位35歲的年輕人赤手空拳沒有任何助手協助甚至連氧氣都沒攜帶，從我站立的這個海拔5500米的山間營地往海拔8848米的珠峰衝刺，七個小時後義大利人創造了歷史，梅斯納單槍匹馬獨自一人攀上珠峰的記錄至今沒人打破……

還有一位叫施馬茨的德國女子也是我們不能忘記的，1993年當這位在漢堡一所中學裡教書的老師攀上珠峰，並即將成為世上僅有的幾名成功登頂珠峰的女運動員時，卻在下山途中不幸遇難，

當這個世界上迄今為止已有132個人勇敢的攀登卜珠峰而在人類之巔真正的傲視群雄時，同樣是這個世界上卻有至少50個人將生命留在了延綿的積雪中深邃的山坳裡以及那輕柔漂浮的雲間。

在我腳下有許多碎了的瑪尼石，而在我身邊有著一座至少兩米高的瑪尼堆，迎風飄揚的經幡扯出的似乎是動人的誦經聲，我開始拾起腳下的瑪尼石一塊一

塊的往上疊，這些石堆好像本來就有，是風把它颳倒了，因為我疊起的每一塊石頭上不是刻有經文就是刻有佛像……所以藏人稱瑪尼堆是不動的經文，在西藏無論是湖邊還是山間或者路旁，凡是遇見瑪尼堆藏人就會圍繞它繞一圈或者朝瑪尼堆丟一塊石頭，這就等於是誦了一遍經。

相傳在很久以前，瑪尼堆只是藏人們置於路口作為計算路程的標誌，後來佛教傳入西藏後，信徒們便把刻有經文和佛像的石塊放在那些石堆上，漸漸的便越疊越高。

記得我就是從那時開始便決定以後每來一次喜馬拉雅山，便要疊起一堆瑪尼石。迄今為止我一共去過五次喜馬拉雅山，所以便疊起了五座瑪尼堆，特別有意思的是我2001年去喜馬拉雅山時，特意去找了第一次留在山上的瑪尼堆，不僅讓我找到而且差不多六年過去了，那座瑪尼堆竟依然佇立在山間，只是上面多了許多經幡。

說起喜馬拉雅山上無處不在的瑪尼堆，有個典故或者傳說聽來十分的感人……

在上個世紀初喜馬拉雅山腳下的絨布寺剛落成不久，寺裡有位名叫阿來的活佛便要求到山上去，當時的主持阿旺旦僧羅布活佛覺得由一位高僧上山宏法是件非常好的事，便在囑咐他

無處不在的吉祥石瑪尼堆。

喜馬拉雅山腳下的小寺院。

注意身體後，派了兩個小喇嘛送牛已六十五歲的阿來活佛上山去……

　　阿來活佛在山上一呆就是三年，他吃野果居山洞，有人來了他宏法講經，人走了他雕刻瑪尼石並疊瑪尼堆，三年裡他在喜瑪拉雅山上竟疊起了幾十座高達兩米的瑪尼堆，阿來活佛在喜瑪拉雅山上共待了三年零一個月便圓寂了，在他圓寂的山洞裡到處是他刻好的還沒來的及疊的瑪尼石。

　　近百多年來阿來活佛疊瑪尼堆的這片山巔雖經數次風暴侵襲，以及山體斷裂和戰爭早已不見了當年的盛況，幾十座瑪尼堆也早已化作碎片，但即使如此卻依舊受到人們的朝聖，在那些翻山越嶺一路匍匐而來的藏人心中，那怕是碎片甚全灰燼也一樣是他們的精神歸宿。

　　傲視群雄是勇敢，而生命殞落則是無畏，所有為喜瑪拉雅而生的勇士，無論是在茫茫雪線向著珠峰前行的身軀，還是在生死間笑傲生命的精神，都是嚮往這8800山峰的脊梁，就像是那片片刻著經言的瑪尼石，無論疊起還是轟塌，都是永遠的永恆。

面對拉薩河水
長跪不起

拉薩河已奔流不息了千百年，神的力量卻始終如一，無論是
當年懷特眼中的那些虔誠的聖徒和殉情者、還是那些終日生
活在河邊每天轉著經輪的藏人，拉薩河那怕是河裡的一滴水
都是他們心中的靈魂、都是加持他們生命的神靈……

在拉薩的日子裡，除了大昭寺，我最喜歡去的地方是拉薩河
和藥王山。

特別是有一次在拉薩，我就住在拉薩河邊。所以每天早上趁
著太陽還沒升起便開始沿著拉薩河邊跑步，清晨裡的拉薩河水寂
靜的紋絲不動，在晨曦的微光裡一眼望去彷彿是落在身旁的一幅
畫，濃濃的筆觸裡讓人體會著拉薩這個聖城亙古不變的蒼桑，我
一直要跑到太陽升起，這時那染著霞光的河水就如同煮開的水在
陽光裡開始沸騰起來。

美國探險家約翰·懷特曾寫過一本關於西藏的名著《眾神之
城》，在書中他記錄了他上個世紀初從拉薩河的發源地念青唐古
喇山出發，沿著拉薩河從那曲、當雄一路考察到拉薩的神奇經
歷，他親眼見到那些一路跋涉一路磕頭去往拉薩的聖徒，終因體

力不支倒在拉薩河邊被河水沖進激流而淹沒，他甚至見到有人為情而殉，從山巔縱身跳進拉薩河，河裡淺灘上的岩石擊破了多情人的頭骨，鮮血將河水染成一片鮮紅。

　　拉薩河已奔流不息了千百年，神的力量卻始終如一，無論是當年懷特眼中的那些虔誠的聖徒和殉情者、還是那些終日生活在河邊每天轉著經輪的藏人，拉薩河那怕是河裡的一滴水都是他們心中的靈魂、都是加持他們生命的神靈，而這一刻開始於偉大的五世達賴喇嘛和四世班禪喇嘛的一次誦經。

　　當五世達賴喇嘛剛出生不久，噶瑪政權便推翻了西藏歷史上著名的帕莫珠巴王朝，由於噶瑪政權的執政王嫉惡黃教，並對黃教採取壓迫政策，西元1641年，五世達賴與四世班禪商議準備派人趕赴青海密召蒙古大將軍固始汗率兵進藏滅掉噶瑪政權，為了確保此舉成功，兩大活佛在拉薩河邊誦經四十九天而成就了達賴和班禪交往歷史上難得的一段，後來的史學家稱為「蜜月」的時光。西元1642年，固始汗由青海率軍入藏，消滅了執政僅二十四年的噶瑪政權。

　　就是這樣一次誦經，拉薩河從此便被賦予了極濃厚的宗教寓意。自五世達賴喇嘛和四世班禪喇嘛後，幾乎歷代的達賴喇嘛和班禪喇嘛都曾親歷過拉薩河，而最讓人感慨的是九世班禪喇嘛，他一生顛沛流離浪跡天涯到死都

拉薩河水一直流淌到西藏的山南，使得山南被譽為江南。

拉薩河水流經之處，植被竟是五顏六色的。

回不了家鄉日喀則，但他卻在苦難和冤
屈的生命中執著的在拉薩河畔講經說，
他曾對隨從要求，如果他圓寂在外回不
了日喀則，那拉薩河畔的任何一片土地
只要能親近到河水的地方便是他的往生
處。後來十世班禪喇嘛曾多次在拉薩河
邊為九世班禪喇嘛誦經超度……

　　我曾在一個陽光燦爛的早晨，隨著拉
薩的人流浩浩蕩蕩的前往藥王山腳下的
拉薩河畔歡度週末，與我結伴而行的便
是我的老朋友 —— 賣藏刀的康巴女人尼
婭。這天是週末，大昭寺廣場人流川息
不止應該是她做生意的好日子，但她卻
不做生意執意陪我去拉薩河邊度週末，
一問原來這天是藏曆四月十五，是著名
的「林卡節」， 林卡節從藏曆四月十五
日起一直要到藏曆七月一日的雪頓節才
結束。「林卡」是藏語公園的意思，林
卡節的內容便是舉家在公園裡唱歌跳舞
吃喝玩樂，當然主題是敬神。

　　在拉薩河邊座落幾十個各種風格的
林卡，有的是過去的貴族林園甚至達賴

這是陽光透過的藥王山上的金頂，映在拉薩河上絢麗燦爛。

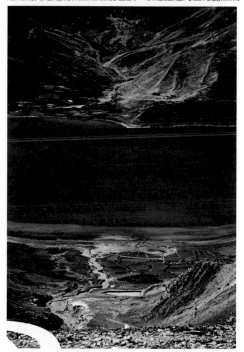

蔚藍色的拉薩河水。

灩影之間，這千百年的流淌以及流淌裡倒影漂浮著的布達拉宮，便如活佛轉世般的顯靈而泛起一陣陣鮮活的漣漪，此刻，對面布達拉宮金頂上點燃了第一柱香火的喇嘛便會在瀰漫著酥油香的晨光裡，面對著拉薩河的波濤而雙手合掌默念經文。

而藥王山上的刻經人也一定是早早的佇立在山崖上，腳下那刻著經文和佛像的瑪尼石在朝霞間泛著陳舊卻又明亮的色澤，就如同寺院裡的聖物充滿了神聖和尊嚴……賦予了這堅硬冰冷的石塊以如此精神的刻經人，面對山腳下奔騰不息的拉薩河水長跪不起……

的夏宮比如羅布林卡，也有新建的公園如人民公園和文化宮。因為所有的林園全都建在拉薩河邊，所以人們在樹下唱歌跳舞在水中划船嬉戲，平日裡難得看到藏人如此奔放激情……在這個週末的傍晚，尼婭和她的朋友不停的敬我酒，因為在她們這一堆人群裡我是唯一的漢人，要不喝酒就得唱歌。我這個五音不全的人又怎敢在能歌善舞的藏人面糖蹋藝術呢？還不如喝酒，平生又有幾回醉倒在拉薩河邊啊？

藥王山上金燦燦的太陽透過那滿天五顏六色的經幡，灑落到拉薩河上，波光

面對拉薩河水長跪不起／131

藥王山上
的貧民圖騰

千百年來，人們不斷的在岩石上雕刻著佛像和各種菩薩像以寄
託自己的願望，更有許多民間工匠乾脆就在藥王山住了下來，
他們用自己的雕刻手藝將經言、將咒語、將佛像、將神祇，不
但刻在那石壁上，還刻在那一塊塊瑪尼石上，對他們來說刻一
塊石頭便是消了一回災，而賣掉一塊則是轉了圈經。

在西藏轉了一大圈後，拉薩藏醫才旦帶我又去了一個新地方，它就是與著名的布達拉宮遙遙相望脈脈相連的藥王山……

誰會知道藥王竟是釋迦牟尼佛的一個化身呢？因為相傳釋迦牟尼佛能治百病，所以在西元八世紀時，西藏第一個門巴扎倉（藏醫學院）便在山上建起了，因為有了宗教意義所以門巴扎倉又稱藥王廟，而許多百姓則將建有藥王廟的這座山稱為藥王山。

當藥王廟建起時，正逢藏醫鼻祖宇妥‧元旦貢布赴印度學醫，並撰寫了著名的《四部醫典》。而從十七世紀開始，一批德高望重的藏醫相繼聚集在了藥王廟，其中就有十三世達賴喇嘛的保健醫生卓仁嘎布，於是，許多拉薩藏民尤其是下等的貧民們，便視這裡為神山，他們不管是有病沒病幾乎每天都會磕著頭上山來……引見我來藥王山的才旦醫生是西藏眾多喇嘛心中的一位名醫，她在三十歲時便放棄了在醫院當主治醫生的優厚工作，開始跋山涉水深入到一個個寺廟為喇嘛看病問藥，迄今已六十歲的才旦醫生，幾乎跑遍了前後藏所有的寺廟，至少為幾萬名喇嘛檢查

過身體，如今幾乎西藏的所有寺廟都深知名醫才旦的大名，凡遇上藏曆新年、雪頓節以及林卡節，這些寺廟裡的喇嘛都會為才旦誦經祈禱。

十年前當我問才旦醫生這一切的原因時，她便帶著我爬上了藥王山。

這是我第一次上藥王山，我們站在當年門巴扎倉的遺址上，只見才旦醫生摸著那幾根依舊支撐著門頂的木頭樑感慨萬千。才旦告訴我當年她的幾代祖先都曾來到這裡接受佛祖的施德，並從中領悟了許多人生的道理……而最讓才旦醫生難忘的便是父親跟她說起的那段往事。

才旦的父親二十歲時得了傷寒，眼看著就要死去時，才旦的祖父扛著兒子爬上藥王山求醫，正好遇見十三世達賴喇嘛的保健醫生卓仁嘎布……才旦的父親便在喇嘛的誦經聲中，在卓仁嘎布那滿腔的佛願中漸漸的被治癒了。我明白了才旦醫生這三十年裡所做的一切的根源了，她是在用自己今生的獲取來為父親的生命而還願，用自己今生的付出來為卓仁嘎布的聖名而果報。

坐在藥王山的山巔上，望著一街之隔的布達拉宮，我整個身心便會隨著眼前飄逸的經幡而遊盪、而升騰，清晨黃昏，藥王山巔都是攝影師和畫家的最佳去處，在那絢麗的朝霞裡或者在那的璀璨夕陽下，布達拉宮無論是在鏡頭裡、還是在畫筆下都會化作神聖的符音。

藥王山上專門刻綷嘉石的工匠。

當年文成下令修建的查拉魯普寺院。

不過，我倒是喜歡空手坐在山巔上，這時才會毫無雜念的面對布達拉宮，去想像宮裡輝煌的歷史和燦爛的文化……

在過去年代，藥王山和布達拉宮是相連的，一座白色的佛塔將兩塊聖地緊密的維繫在了一起。後來拉薩的市政建設規劃將一條寬闊的柏油馬路替代了佛塔，藥王山和布達拉宮便被人為的割裂分開來。但是地埋的割裂卻終究替代不了人心的相通，虔誠的喇嘛竟用經幡將兩塊聖地連接了起來。雖然有許多喇嘛為了掛上經幡而不幸落山而死，但由這些亡靈和經幡化出的神的護身卻最終保護了更多的人。

相傳藥王山連結著布達拉宮的經幡旗是神的護佑，風卷經幡消災避難……於是更多的藏人喜歡流連在這經幡旗下，久而久之圍繞著藥王山的這條山路便成了拉薩著名的轉經路。

沿著轉經道慢慢往山上走，在一個殘破的名叫查拉魯普的小廟旁，有一大片刻苦經文和各種神像的石壁，這就是著名的藥王山「摩崖石刻」。如今在這塊石壁上已刻有至少上十個大小佛像，所以「摩崖石刻」又被人稱為「千佛崖」。

相傳石崖上最早刻上去的那個佛像，是七世紀時松贊干布請人根據他突遇的幻影而刻的。當年文成公主最喜歡去的地方便是藥王山，因為站在山巔能回望

到遙遠的故鄉長安。每次文成公主想家了，她便偷偷的跑上山來，對此松贊干布心知肚明，只要文成公主不在身邊那就一定是上了藥王山。

相傳有一次松贊干布上山來找文成公主，走到半山的石崖邊忽見六字真言的幻影從山中自然顯現，並從幻影的光茫中看到了觀世音菩薩、度母和馬頭金剛佛像……松贊干布當即沐浴淨身、默默祈禱，讓隨從找人依照自然所現，在岩石上刻出了佛和菩薩的像以及六字真言。

後來在五世達賴喇嘛所著的《西藏王臣記》一書中對此事有過詳細的記載，而這一記載也成了迄今為止藥王山「摩崖石刻」典故的唯一出處。於是千百年來，人們不斷的在岩石上雕刻著佛像和各種菩薩像以寄託自己的願望，更有許多民間工匠乾脆就在藥王山住了下來，他們用自己的雕刻手藝將經言、將咒語、將佛像、將神衹，不但刻在那石壁上，還刻在那一塊塊瑪尼石上，對他們來說刻一塊石頭便是消了一回災，而賣掉一塊則是轉了圈經。

太陽是從藥王山上照射到拉薩平原的，當布達拉宮冷寂了一夜的宮牆盼望著陽光的眷顧時，陽光卻躲在山間的查拉魯普小廟裡，這座如今看來殘破寂寞的小廟卻有著一般人不為所知的歷史和顯赫，它的歷史竟比布達拉宮還久遠。當康巴人的祖先剛剛翻越雅礱河谷、當拉薩還是一片水草豐澤的養馬場，藥王山岩洞的石壁上驚現釋迦牟尼像，於是年僅15歲的松贊干布便下令在藥王山的這個岩洞裡修建了拉薩歷史上最早的廟宇。

在很久以前的年代裡，查拉魯普小廟成了拉薩的平民百姓和達官貴人共同朝拜的圖騰，即使是今天，在查拉魯普小廟裡還能看見當年藏民供奉的佛像。而歷代藏王更是對查拉魯普小廟傾注了心血，不僅到此朝拜，每年還撥款修繕一番。到了古格王朝時代，不可一世的古格王照樣為查拉魯普小廟建起了一座金頂。

初來乍到的人，怎麼也不會知道去這個叫藥王的山，即使是那些號稱「老西藏」的攝影師和畫家也頂多是為了爬上山去拍照和寫生，因為藥王山是拍攝和畫布達拉宮的最佳角度。至少在十多年前，真的很少有人會去探究藥王山的秘密，很少有人會像我一樣連著幾天待在山上，去體驗比世俗更加純正的宗教意境。

藥王山上的貧民圖騰／139

青藏後記/

坐著火車抵達心靈之地

文 劉沙

因為青藏線的貫通使西藏不再遙遠，
當人們一覺醒便能抵達布達拉宮甚至喜瑪拉雅，
人對聖地的心靈渴望
以及要用生命去體驗的艱辛所擁有的終生回味
從此將蕩然無存……

　　多年前的藏地記憶卻直到今天才捨得拿出來回味，雖然浮光掠影早已不再，但當年跋山涉水面對雪域時的激情似乎依舊……

　　青藏鐵路的貫通使西藏不再遙遠，當人們一覺醒來便能抵達布達拉宮甚至喜瑪拉雅，人對聖地的心靈渴望以及要用生命去體驗的艱辛所擁有的終生回味從此就將蕩然無存……

　　只因為十多年前曾數次經歷了「生命體驗」，而如今，當溝壑變通途再也不用為理想而吃盡苦頭時，竟反而珍惜並緬懷起那些漸漸逝去的歲月。

　　僅僅十多年，西藏早已換了模樣。

　　過去每天清晨大昭寺門口燃起的那柱香
會被許多西藏人當成心中的明燈，而今拉
薩的夜晚滿眼盡是燈紅酒綠，帕廓街幾乎
成了拉薩的新天地和藍桂坊⋯⋯

　　當年走在藏區的任何一座神山間或一條
雍措旁，都會看見有一長溜磕著等身長頭的藏民在一路朝拜，而如今
柏油馬路修到了山間湖旁，公路上只有車流風馳電掣，再也難得見到
一步三叩的虔誠了⋯⋯

　　而當我沉浸在這種屬於我個人的緬懷和感慨中時，我想起當年在大
昭寺的金頂上跟德欽喇嘛一起喝茶時的一段對話。

　　我問老人這輩子在大昭寺裡都祈禱些啥？

　　老人說他最大的願望是不想再看到那些艱辛跋涉而來的藏民，在大
昭寺前叩拜磕頭後，地上不再留下斑斑血跡⋯⋯

　　德欽喇嘛的願望今天應該實現了，昔日用膝蓋丈量大地的藏民們如
今終於可以坐著汽車和火車抵達他們的心靈之地⋯⋯

國立中央圖書館出版品預行編目資料

青藏 聖境啓示路：真正的信仰，依舊在跋涉
／劉沙作，攝影。－初版－臺北市：晴易文
坊，2007 [民96]
面：17 × 23公分.
ISBN978-986-82814-5-5　　　　　(平裝)
1. 青藏 描述 與 旅遊
855　　　　　　9607424

迎 財 神
作者 石二月
定價 300元

《青藏聖境啓示路》

作　　　者　劉 沙
攝　　　影　劉 沙
執 行 編 輯　雅 雯
美 術 設 計　PURE

發 行 所　晴易文坊媒體行銷有限公司
發 行 人　石育鐘
總 編 輯　楊承業
編　　輯　洪至聖
美　　術　葉鴻鈞
地　　址　台北市八德路二段441號4樓之1
電　　話　02-2721-3783
傳　　真　02-2721-5161
網　　址　http://www.sunbook.com.tw
劃 撥 帳 號　19587854

總 經 銷　紅螞蟻圖書有限公司
電　　話　02-2795-3656
傳　　真　02-2795-4100
地　　址　台北市內湖區舊宗路二段121巷28號4樓

製 版 印 刷　欣鋒彩色印刷事業有限公司
出 版 日 期　2007年6月
定　　價　280元

拜 拜
作者 石二月
定價 250元

跟著媽祖去旅行
作者 黃丁盛
定價 320元